CB064580

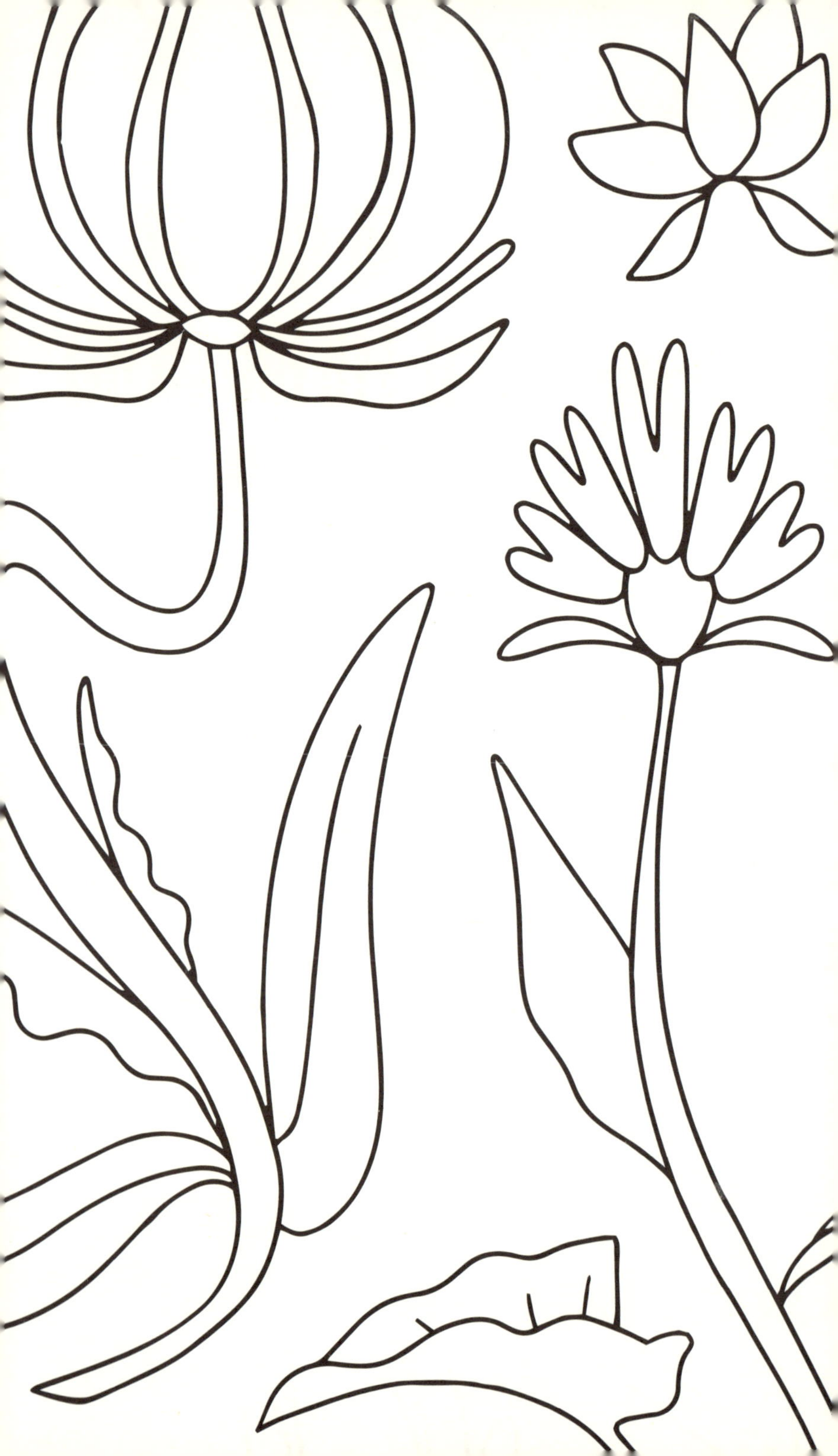

APRENDER A FALAR COM AS PLANTAS

MARTA ORRIOLS

2ª EDIÇÃO

TRADUZIDO DO CATALÃO POR
Beatriz Regina Guimarães Barboza
Meritxell Hernando Marsal

Porto Alegre • São Paulo
2022

Copyright © 2020 Marta Orriols & Edicions del Periscopi SL
Todos os direitos reservados e controlados por
Edicions del Periscopi SL, Barcelona
Edição publicada mediante acordo com SalmaiaLit
Título original: *Aprendre a parlar amb les plantes*

LLLL institut
ramon llull

A tradução deste livro recebeu apoio do Institut Ramon Llull

CONSELHO EDITORIAL Gustavo Faraon e Rodrigo Rosp
PREPARAÇÃO Samla Borges Canilha e Rodrigo Rosp
REVISÃO Meggie C. Monauar e Raquel Belisario
CAPA E PROJETO GRÁFICO Luísa Zardo

DADOS INTERNACIONAIS DE
CATALOGAÇÃO NA PUBLICAÇÃO (CIP)

O75a Orriols, Marta.
Aprender a falar com as plantas / Marta
Orriols ; trad. Beatriz Regina Guimarães
Barboza, Meritxell Hernando Marsal. —
2. ed. — Porto Alegre: Dublinense, 2022.
240 p. ; 21 cm.

ISBN: 978-65-5553-055-1

1. Literatura Espanhola. 2. Romance
Espanhol. I. Barboza, Beatriz Regina
Guimarães. II. Marsal, Meritxell
Hernando. III. Título.

CDD 860.31

Catalogação na fonte:
Ginamara de Oliveira Lima (CRB 10/1204)

Todos os direitos desta edição
reservados à Editora Dublinense Ltda.

Av. Augusto Meyer, 163 sala 605
Auxiliadora • Porto Alegre • RS
contato@dublinense.com.br

Para você, Miquel.
Dias e noites e aquelas horas fora de relógio.
Não esquecemos nunca de você.
Estou com saudade e te amo. Ainda e sempre.

Junte duas pessoas que nunca estiveram juntas antes. Às vezes, é como a primeira tentativa de atrelar um balão de hidrogênio a um balão de ar quente: você prefere bater e queimar ou queimar e bater? Mas às vezes funciona, e se faz algo novo, e o mundo muda. Então, em algum momento, mais cedo ou mais tarde, por essa ou aquela razão, uma delas é levada embora. E o que se leva é maior que a soma do que havia ali. Isso pode não ser matematicamente possível, mas é emocionalmente possível.

JULIAN BARNES,
Os níveis da vida

ANTES

Estávamos vivos.
Os atentados, os acidentes, as guerras e as epidemias não nos concerniam. Podíamos ver filmes que banalizavam o ato de morrer, outros que o transformavam em um ato de amor, mas nós estávamos fora da zona que continha o significado próprio de perder a vida.
Algumas noites, na cama, envolvidos pelo conforto de uns travesseiros macios enormes e da arrogância da nossa juventude tardia, assistíamos o jornal na penumbra, com os pés entrelaçados, e era quando a morte, então, sem que nós soubéssemos, se acomodava toda azul nos vidros dos óculos do Mauro. Cento e trinta e sete pessoas morrem em Paris por causa dos ataques reivindicados pela organização terrorista Estado Islâmico, seis mortos em menos de vinte e quatro horas nas estradas em três batidas frontais diferentes, o transbordamento de um rio causa quatro mortes em uma cidade pequena no sul da Espanha, pelo menos setenta mortos em uma série de atentados na Síria. E nós, que ficávamos em choque por um momento, talvez falássemos coisas como

"Caramba, como está o mundo" ou "Coitado, que azar", e a notícia, se não tinha muita força, se fundia, na mesma noite, aos limites do quarto de um casal que também estava se extinguindo. Mudávamos de canal e víamos o final de um filme e, enquanto isso, eu combinava a que horas chegaria no outro dia ou o lembrava de passar na lavanderia para buscar o casaco preto; se tínhamos um bom dia, nos últimos meses, talvez tentássemos fazer sexo sem vontade. Se a notícia era mais forte, seus efeitos se prolongavam um pouco mais, falava-se dela no trabalho na hora do café, ou na fila da peixaria no mercado.

Mas nós estávamos vivos, a morte era dos outros.

Usávamos expressões como *estou morto* para expressar o cansaço depois de um dia de muito trabalho sem que o adjetivo nos espetasse a alma. Quando estávamos apenas no começo, éramos capazes de flutuar no meio do mar, na nossa praia preferida, e brincar, com os lábios cheios de sol e de sal, de um hipotético afogamento que acabava com um boca a boca escandaloso e risadas. A morte não nos pertencia.

Aquela que eu vivi quando criança — minha mãe ficou doente e morreu depois de uns meses — tinha se transformado em uma lembrança embaçada que já não doía. Meu pai veio me buscar na escola quando fazia uma hora que havíamos voltado às aulas depois do almoço. Centenas de meninos e meninas subíamos as escadas em caracol para voltar às salas de aula, vindos do refeitório comunitário, com o alvoroço próprio da vida que passa enquanto tudo se detém em algum ponto. Meu pai chegou na sala de aula acompanhado da diretora, que bateu na porta no momento em que o professor de ciências acabava de explicar que havia animais vertebrados e animais invertebrados. A lembrança da morte da minha mãe ficou vinculada para sempre à letra branca de giz sobre o verde da lousa que dividia o reino animal em dois. Também havia todos aqueles olhares novos dos que até aquele momento haviam sido meus iguais, e eu, muito quieta, sentia como me retirava a um terceiro reino, aquele dos animais feridos para quem sempre faltará uma mãe. Ainda que não tenha sido menos terrível por causa disso, aquela morte nos avisou, e naquele aviso havia a margem de tempo que a precedia, o espaço para as despedidas e os desejos, a prostração e a oportunidade de expressar toda a estima. Havia, sobretudo, a ingenuidade de crer no céu onde a desenhavam e a inocência dos meus sete anos, que me salvava de compreender o peso da sua partida.

MAURO E EU fomos um casal durante muitos anos. Depois, e somente durante umas horas, deixamos de ser. Morreu de súbito meses atrás, sem aviso prévio. Quando o carro investiu na sua direção, levou ele e muitas outras coisas.

SEM CÉU NEM CONSOLO, com toda a dor maciça que corresponde à idade adulta, para evitar falar do Mauro no passado, com frequência penso e falo usando os advérbios *antes* e *depois*. Há uma barreira física. Estava vivo naquele meio-dia comigo, bebeu vinho e pediu para passarem mais um pouco o bife, atendeu um par de chamadas da editora enquanto brincava com a argola do guardanapo, anotou para mim o título de um livro de uma autora francesa que me recomendou com paixão no verso de um cartão do restaurante, arranhou o lóbulo da sua orelha esquerda, incomodado ou envergonhado, talvez, e depois me explicou aquilo. Quase gaguejava. Em algumas horas, estava morto.

O restaurante tinha um pedaço de coral no logotipo. Olho para ele com frequência. Guardo o cartão onde, com aquela caligrafia impoluta, traçou o título do livro que tanto gostou. Talvez porque cada um seja livre para embelezar sua desgraça com tantos fúcsias, amarelos, azuis e verdes como seu coração quiser, desde o dia do acidente penso no antes e no depois da minha vida como a Grande Barreira de Coral, o maior recife de coral do mundo. Cada vez que penso se uma coisa se passou antes ou depois da morte do Mauro, me esforço para imaginar a barreira de coral, para enchê-la de peixes coloridos e estrelas-do-mar e transformá-la em um equador de vida.

Quando a morte deixa de pertencer aos outros, é necessário fazer um lugar para ela com cuidado no outro lado do recife, pois senão ocuparia todo o espaço com absoluta liberdade.

Morrer não é místico. Morrer é físico, é lógico, é real.

1

— **Pili,** verifique o equipamento, rápido! Respira?
— Não.
— Vamos começar a ventilação com pressão positiva.
Como uma ladainha, repito em voz baixa os sinais vitais da criança. "Já sei, pequena. Isso não é maneira de te receber, mas você precisa respirar seja como for, está me ouvindo?".
— Trinta segundos. — "Um, dois, três... Lá deitada há uma mulher que é a sua mãe, que sem você vai se perder, está vendo ela? Ei, vamos, vai, dez, onze, doze, treze... Vai, respira, pelo que mais queira, prometo que, se você superar isso, a coisa muda, é bem legal aqui. Dezessete, dezoito, dezenove, vinte. Vale a pena viver, sabe? Vinte e três, vinte e quatro... Às vezes custa, não vou te enganar, vinte e seis, vinte e sete, vai, linda, não faz isso comigo. Prometo que vale a pena. Trinta".
Silêncio. A criança não se mexe.
— Pili, frequência cardíaca?
Dou com o olhar vigilante da enfermeira. É a segunda vez que isso acontece em pouco tempo e eu conheço esse olhar de advertência. Tem razão, não deveria falar tão alto

com ela, não deveria nem um pouco, de fato. Não estou confortável. Sinto calor e o tamanco do pé direito está roçando uma pequena bolha que minha sandália me fez nos últimos dias de férias. Minutos cruciais, imediatos ao nascimento; sobram a bolha e esse calor. Para a menina, ao contrário, a prioridade absoluta é evitar a perda de aquecimento. Talvez não tenha sido boa ideia sair da vila ao amanhecer e entrar no trabalho direto, sem passar em casa e desfazer as malas e tirar de mim essa sensação estranha de ter passado quase duas semanas fora, longe do trabalho, das histórias clínicas das minhas crianças, das análises, do laboratório, longe de tudo o que me faz funcionar.

Nova decisão. Estimulo com movimentos curtos e rápidos as plantas dos pés da pequena e, como toda vez que faço isso, reprimo minha vontade de bater mais forte, com mais urgência. "Não pode fazer isso comigo, não posso começar setembro assim, vamos, respira, linda". Reavaliação.

Procuro me concentrar na informação do monitor e na menina, mas preciso fechar os olhos um segundo, já que não posso tampar os ouvidos, e as perguntas que lança a mãe, que soam como um gemido desconsolado dentro da sala de parto, me deslocam como nunca. O sofrimento dos outros agora se parece com a visão de um prato copioso depois de uma refeição abundante. Não cabe mais em mim e me faz recuar. Todos os sons aflitos se transformam nos da mãe do Mauro no dia do enterro. Rasgavam a alma.

"Respira, linda, vamos, pelo amor de Deus, respira!".

Franzo o cenho e nego com a cabeça para lembrar que aqui não se evocam questões difíceis de manejar. Aqui não se evoca. Aqui não se lembra. Aqui não, Paula. Concentre-se. A realidade cai em cima de mim como uma jarra de água fria e me situa no meu lugar em um instante: tenho um corpo de apenas oitocentos e cinquenta gramas que não inicia a respiração estendido sobre o berço de reanimação, e está nas minhas mãos. Não tardo a perceber como se ativa o sexto sentido que acaba me guiando cada vez mais, uma coisa parecida com o equilíbrio entre a objetividade mais extrema, onde tenho protocolos e raciocínio, e a astúcia inteligível da intuição, sem a qual, tenho certeza disso, não poderia ajustar a chegada ao mundo desses seres diminutos.

"Escuta, pequena, uma das coisas que valem a pena é o mar".

— Pili, vou interromper a ventilação. Tentarei com estimulação tátil nas costas.

Inspiro profundamente e solto o ar como quem se prepara para saltar no vazio. A máscara se faz de muro e retém uma exalação, mistura do flúor da pasta de dente que encontrei hoje de manhã no banheiro do meu pai e o café rápido e amargo que tomei em uma parada na estrada. Sinto saudade das minhas coisas, da minha normalidade. Sinto saudade do meu café e da minha cafeteira. O cheiro de casa, o meu ritmo, não ter que dar explicações e poder fazer o que der na telha.

Esfrego as costas diminutas da maneira mais suave que sou capaz.

"O mar tem um ritmo, sabe? É assim: vai e vem, vai e vem. Sente minhas mãos? As ondas vão e vêm, assim. Vai, preciosa, o mar vale a pena, tem outras coisas, mas agora se concentre no mar, assim, suave, você está sentindo?".

— Respira.

O primeiro grito foi como um miado, mas, dentro da sala, o recebemos com a alegria de uma tempestade de verão.

— Bem-vinda... — Não sei bem se o digo para a criança ou para mim, mas devo me esforçar para conter a emoção.

Limpo ela com movimentos rápidos e executados centenas de vezes. Me tranquiliza ver que a cor melhora e aquela pele transparente ganha um tom rosado que dá esperança.

— Frequência cardíaca?
— Cento e cinquenta.
— Pili, vamos colocar o CPAP e levar ela para a incubadora, por favor.

Olho nos olhos dela por sobre a máscara para fazer com que entenda que sinto muito pelo tom de antes. É melhor que ela esteja contente, a Pili, senão age como ofendida e me faz pagar atrasando os exames que peço. Pelo menos, no entanto, se ofende comigo, o que já é muito. Faz uns meses que todo mundo perdoa meus rompantes e, quando eles passam, as evasivas conseguem me encher ainda mais de raiva e mau humor.

Enquanto espero a incubadora, volto a esfregar as costas minúsculas da criança, desta vez com doçura, para agradecer por sua vontade imensa de se aferrar à vida, mas não posso evitar pensar que, no fundo, a toco por alguma coisa mais, por algum matiz indiscernível relacionado ao fato de que ela continue aqui quando o Mauro não está mais. Porque não está mais, Paula. Não está e, apesar de não estar, retorna até quando manuseio esses gramas de vida gelatinosa.

— Olha, mamãe. Dá um beijo na sua filha. — Aproximo a menina da mãe só por uns segundos, para que a conheça. — Teve um pouco de dificuldade para respirar, mas pronto. Agora subiremos com ela para a UTI, como conversamos, está bem? Vamos nos ver daqui a pouco e vou explicar tudo para vocês com calma. Fique tranquila, que tudo vai ficar bem.

Mas não prometo. Ainda que os olhos da mãe implorem para que lhes dê esperança, depois do Mauro já não prometo nada.

2

A Lídia não deve demorar, ela termina sua consulta à uma. Saber que vou vê-la me produz uma sensação de alívio. Em questão de minutos voltarei a escutar sua tagarelice, que me fará mergulhar de novo na normalidade, justamente o que meu corpo me pede com certa urgência. Depois das férias, a normalidade é a chave, se tornou o meu objetivo.

Aguardo no meio do barulho do refeitório do hospital enquanto mexo a salada de um lado para outro no prato. Com o cheiro de caldo comunitário impregnado no nariz, volto para o refeitório da escola, lá escondia o que não gostava nos bolsos do uniforme ou negociava as coxas de frango com os colegas mais esfomeados. O pediatra ordenava ao meu pai que me fizesse comer torradas com mel para não deixar de combater aquele percentil baixo que assinalava com o lápis sobre a quadrícula das curvas que eu tanto temia. O mel passou a ser parte da minha dieta e dos nossos dias cinzas sem minha mãe, não para adoçar, mas para engordar. Li em algum lugar que um asceta indiano de oitenta e três anos passou mais de setenta sem ingerir alimentos nem beber água. Uma equipe do Organismo de Pesquisa e Desenvolvimento do Ministério de Defesa da Índia fez um experimento com ele durante um par de semanas. O único contato que tinha com a água era quando se lavava ou fazia gargarejos. O doutor que investigava deduziu que, se ele não obtinha a energia dos alimentos nem da água, então devia fazê-lo de outras fontes que o cercavam, e o sol era uma delas. Quando o experimento acabou, o iogue voltou para sua cidade natal para retomar as atividades meditativas. Parece que uma deusa o abençoou aos oito anos e permitiu que ele vivesse sem alimentos.

Quando fazia quatro dias que o Mauro tinha morrido, e não é uma forma de falar, fazia exatamente quatro, eu tinha ingerido somente infusões de tílias; com um pouco de sorte, permitia que meu pai colocasse nelas mel do apicultor da vila. Incapaz de protestar, deixava ele fazer o que quisesse com o mel. Não sei qual curva pretendia fazer crescer naquele momento. Uma outra vez, minha tristeza gotejava tingida de âmbar.

Eram dias apáticos, irreais, o choque enchia tudo, não havia lugar para a fome. Me lembro da mão firme do meu pai fazendo rodar a colher de madeira e o mel se enrolando lentamente pelas fendas sem pingar. Meu pai, perfeccionista, não podia conceber que eu não tivesse uma colherzinha de madeira para o mel. Comprou uma para mim. Também ordenou a gaveta dos talheres e consertou a porta do armário das panelas. Durante uma semana, meu pai e a Lídia se revezaram e deambularam pela casa sem que eu tivesse o controle de nada. Encheram a geladeira de coisas boas que pouco a pouco estragaram. A Lídia vinha na hora do almoço ou da janta para se assegurar que eu comia alguma coisa e para me fazer companhia.

Todo mundo presumiu que, durante aquelas semanas que se seguiram ao acidente, o meu olhar atônito, o aspecto descuidado e as persianas abaixadas se deviam à tristeza em que a desgraça me afundou por ter perdido a pessoa que foi minha companheira durante tantos anos; ninguém calculou, porém, que, aferrada à dor da morte, tinha uma outra, uma escorregadia, mas de caminhar lento, como uma lesma, capaz de cobrir tudo, até a outra dor, com aquele rastro viscoso que ia encharcando tudo, feia, que de tão feia que era eu só sabia escondê-la, morta eu também de uma vergonha nova, mais nova ainda que a morte.

Me pergunto se as duas coisas estão vinculadas de alguma maneira, se a chegada dela ao meu campo de conhecimento o fez desaparecer de uma maneira física dos meus dias.

— Vai, Paula, nem que seja a banana, por favor. Você não comeu nada.

Eu olhava para a Lídia com a cara inclinada e sorridente. A história do iogue voltava à minha mente e estive a ponto de brincar e explicar a ela que uma deusa me abençoou e que podia viver sem alimentos, mas, vendo a preocupação no rosto dela, não me pareceu adequado.

— Um pouco, vai.

Eu estava sentada na cadeira da cozinha e ela estava em pé ao meu lado. Poderíamos ter sido duas amigas, um meio-dia qualquer, em um lar escolhido ao acaso, onde não houvesse amores nem amigos mortos. Mas a composição da cena estava totalmente errada. Se cobrisse com gazes tudo o que me doía por dentro, teria me transformado na imagem anacrônica de alguém que volta mutilado de uma guerra.

A Lídia ia descascando a banana meticulosamente. Eu olhava para ela, distraída, e, quando a ofereceu sem casca e com a ponta dos dedos, nos olhamos nos olhos e fomos caindo na risada sem saber muito bem por quê.

— Vai, come, por favor.

— Não estou com fome, Lídia, de verdade. Não vai cair bem.

— Vai, só a pontinha...

Gargalhamos as duas e eu sentia as bochechas queimarem de vergonha. Minha risada a acalmava e, por isso, eu ria. Precisava acalmá-la, primeiro, para que ela pudesse me acalmar em seguida. Quem tem por herança um morto com um extra de infidelidade sabe coisas que os outros ignorarão sempre, como a regulação impossível da calma. E ria, ria com a boca do estômago fechada, dava risada sem poder dormir, dava risada e suava. Tinha certeza que, se cortasse a risada bruscamente, se deixasse sair a verdade nua, a Lídia ficaria paralisada com um ricto de estupefação e a notícia lutaria para escalar posições até chegar acima de tudo, onde reinam os escândalos e as notícias de crimes. Deixaríamos de lado o acontecimento que acabava de parar tudo e, por um momento, a infidelidade, vulgar e tópica, seria a rainha da festa. Mas ríamos. A Lídia ria e eu ria com ela enquanto tentava achar seus olhos por entre as dobras das pálpebras para cuspir tudo isso sem ter que fazer o esforço de pôr em palavras que não encontrava; mas não, ela não percebia. Que te abandonem, ao lado da morte de quem te abandonou, não é o tipo de notícia que se deduz com um simples olhar.

— Come, Paula.

Mordi um pedaço da banana para não a escutar mais.

— Você sabia que o ser humano tem uns vinte mil e quinhentos genes e a banana uns trinta e seis mil?

— Ai, Paula, o que você está dizendo...

— Que uma banana tem uns quinze mil genes a mais do que um ser humano — informei para a Lídia.

— Fantástico — e estreou um olhar piedoso enquanto afastava meus cabelos do rosto e os colocava atrás da orelha.
— Vai ficar tudo bem, lindeza. Você vai sair dessa.

E eu, bem no fundo, toda muda, pensei que não.

Logo a textura doce e pastosa da banana que tanto me custava engolir adquiriu o gosto salgado das minhas lágrimas.

— **ADIVINHA QUEM É?** — Com as mãos tapa meus olhos por trás de mim. Não a vi chegar. Viro e nos abraçamos. A Lídia é um terremoto com os cabelos encaracolados, loiros, bagunçados, e uma chuva de pintas lhe decora todo o rosto.

No começo falamos pelos cotovelos, nos atropelando com as palavras. Nos atualizamos sobre as minúcias da volta ao trabalho, depois protesto indignada pelo estado das obras, que já estão muito avançadas, das novas instalações da parte do hospital onde ela trabalha como pediatra. Eu, ao invés disso, trabalho entre paredes que atrapalham, em espaços compartimentados demais, com uma iluminação inadequada e uns corredores malfeitos. Todos os equipamentos que não são para o público serão consertados mais para frente, apesar das necessidades. A Lídia me mostra a língua e dá por acabada minha queixa. Nossa amizade nunca foi equilibrada. Ela sempre se impõe com sutileza, mas eu aceitei isso logo no primeiro dia, assim como aceitei que as circunstâncias me modelassem para dentro, para mim mesma. Na continuação, ela me explica a decepção que tiveram com os hotéis onde se hospedaram durante a viagem para a Escócia — os carpetes eram uma nojeira, e a comida, de fazer vomitar, erraram com uma reserva e foram parar em um quarto tão sujo que os quatro acabaram dormindo no carro — e, como se ainda estivéssemos no terraço da casa dos seus pais estudando para as provas finais, comparamos o tom de bronzeado juntando os braços.

— Você está muito linda — me anuncia sorridente. — Esses dias te fizeram bem.

E deixo que ela acredite na sua própria conclusão, porque não estou a fim de falar de mim nem dessas duas semanas que passei em La Selva de Mar, na casa do meu pai. A suposta comunhão com a vida retirada, o prazer das coisas simples, a famosa paz interior que todo mundo insistia que cairia tão bem para mim não funcionaram.

Não havia voltado lá desde o acidente e, com o filtro opaco do tempo, a vila parecia uma outra, a igreja, maior, e as ruas, mais estreitas, os sinos nunca tocaram tão fortes, nem os risos dos turistas na praça foram tão descarados. Fiquei por lá com a calma, com o piano melancólico do meu pai, com os pássaros que me acordavam de madrugada bem na hora que conseguia adormecer, farta com a conexão da internet que falhava, de ter que me pendurar de uma rocha para conseguir uma mixaria de cobertura e dos tempos após as refeições em torno dos jogos de xadrez. Não, a quietude não fez nada exceto disparar todos os alarmes e superdimensionar as questões de que hipoteticamente devia fugir durante as primeiras férias sem o Mauro. Assim, para não derivar em conversas lastimosas com a Lídia, procuro lançar muitas perguntas no ar para evitar que ela me interrogue. De fato, uma mãe de família que acaba de voltar de umas férias agitadas pela Europa sempre terá mais coisas para contar do que uma mulher sozinha que teve a brilhante ideia de passar quinze dias em uma vila diminuta e tocada pela tramontana, rodeada pelos amigos setentões do seu pai.

— E as meninas, como estão?

— Uf, as meninas... Você vai ver já, já. A Daniela, insuportável, uma adolescente típica, e a Martina, atrás da sua irmã o dia todo; mas quando uma quer piscina, a outra quer praia, e assim para tudo. — Bufa com força antes de continuar: — Te garanto que as férias com crianças são um suplício. Esses dias, você nem imagina as vezes que pensei em deixá-las com o Toni, dar o fora às escondidas e me instalar contigo na vila, tomar sol pelada o dia todo e fumar e beber toda noite sem ter que me esconder pelos cantos.

Por que não fez?, penso. Por que me deixou ficar sozinha tantos dias? A mulher adulta que há em mim sabe que a Lídia está casada, que tem umas filhas, responsabilidades, uma família com quem passar as férias. A mulher adulta se cala e sorri, diz que não é para tanto, que está com vontade de ver as meninas, que comprou umas camisetas para elas, que na vila tudo vai bem, como sempre, que o seu pai está forte como um leão, brincando de cozinhar todo o dia, e que engordou pelo menos três quilos.

— E aí? Muitos admiradores na vila? — E então me fita com aquele par de olhos azuis que tem e que, se você tenta se esquivar, sempre acabam te encontrando. Não acho que com a pergunta queira se centrar nos homens concretamente, mas pretende averiguar meu estado de ânimo.

— Uma dúzia de turistas franceses. — Aponto para mim mesma de cima a baixo, estendo os braços como querendo dizer "mas você me viu?, acha que estou em condições de me relacionar com algum ser humano?".

— Olha, é melhor assim. É recente demais tudo isso. Deixe as coisas se ajeitarem, que você possa pensar com mais clareza. Passou muito pouco tempo disso do Mauro. Talvez agora não seja o momento, Paula.

O momento de quê?, penso. Há um tempo estabelecido? No protocolo dos que ficam há alguma coisa que diga quando se pode sair para brincar sem que as pessoas considerem você uma piranha? Mas a mulher adulta se limita a fazer que sim com pequenos movimentos de cabeça enquanto termina de alinhar todos os tomates-cereja da salada em um lado do prato.

Li que a memória a longo prazo guarda lembranças a partir de uma certa reconstrução e abstração e que é por isso que pode chegar até o extremo de produzir memórias falsas. Me pergunto como posso guardar sua lembrança intacta e de uma maneira justa.

Seria muito mais fácil para mim se pudesse percebê-las em ordem cronológica, mas não é assim. Aparecem aleatoriamente, vêm e vão em punhados dispersos que não ajudam a dar forma ao conjunto de claros-escuros que foi a sua vida, ou a sua vida comigo.

Você sabia costurar. Costurava botões, remendava alguma meia furada.

Quando não achava alguma coisa e me chamava de longe para que te ajudasse, me chamava de Pauli; eu não gostava, mas você nunca deixou de fazer isso.

Você espirrava três vezes seguidas quando saía da cama cedinho de manhã. Quando sua mãe te ligava, a sua voz mudava. Se pronunciasse "mamãe" com aquele tom de criança, eu pegava as chaves e ia dar uma volta, porque sabia que você havia cedido ao que fosse que ela ordenara. Você cheirava a limpeza. Não usava perfume, era um cheiro higiênico de água morna e sabão.

Enquanto lia o jornal, bem concentrado, você partia as bolachas com a língua contra o palato. Uma atrás da outra.

No começo eu achava engraçado, ao longo dos anos te perseguia para que deixasse de comer tanto açúcar.

Quando fazíamos amor, justo no começo, se eu te tocasse, um calafrio quase imperceptível te sacudia sempre, como um pequeno sobressalto, como uma sensação agridoce de desejo e aversão. Isso não devia ser sempre assim, mas, em todo caso, não lembro como era no princípio.

Você gostava de me comprar sapatos. Eu não falava, mas não costumavam me entusiasmar aqueles que você escolhia para mim. Eu lamentava isso e os calçava para te deixar contente. Eram sapatos para uma mulher que não tinha os meus pés, nem o meu estilo que não era estilo. Eram sapatos para uma mulher que não era eu.

Antes de sair de casa, você me beijava na testa, um beijo sincero, cheio de ternura. Isso foi sempre assim. Sempre.

3

Um pote de maionese. Duas cervejas. Uma hortaliça reduzida a um toco mole e recoberto de mofo aveludado. Dois iogurtes vencidos há uma semana. Pego um. Um pote quase vazio de geleia de laranja amarga e o zumbido elétrico da geladeira. Nada mais. Bem-vinda à casa.

A luz vermelha da secretária eletrônica está piscando. Uma mensagem apenas. Por um momento, meu coração dispara, mas não, não pode ser do Quim. Acho que nunca cheguei a dar o número de casa para ele. Quero pensar que ele obedece devotamente as minhas ordens de batalha e, se te dizem "Fique longe de mim, pois vamos nos machucar", a ordem não deixa margem para confusão. Às vezes eu o convoco. Confesso. Algumas noites, eu o chamo forte dentro de mim e imploro para que me ligue, que dê sinais de vida. Uma mensagem, uma imagem, qualquer prova de vida me serviria. Algumas noites durmo com o celular na mão, depois de horas avaliando se conto a ele coisas ou não, se é verdade que nos machucaríamos tanto. Em certos momentos, xingo sua persistência e, em outros, fico atônita de que eu, aos quarenta e dois anos, tenha ressurgido das cinzas com o aspecto de uma pessoa infantil, hesitante e incontrolável. É como caminhar de forma errática o dia todo, e com frequência penso que o mais provável é que o Quim já não saiba distinguir o meu nome de um outro.

Logo, se há uma mensagem só e pronto, com certeza não é dele. De fato, somente prevejo a possibilidade de que seja do meu pai, o único responsável por ser necessário manter nesta casa o aparelho anacrônico e cheio de pó que espera impassível ao lado da tevê. Meu pai não só deixa mensagens, mas também registra suas composições de piano. Guardo nele relíquias de minutos de duração. Chegue a hora que chegar, a luzinha não falha, me avisa que há material para escutar ou mensagens que expressam sua curiosidade de saber minha opinião. Às vezes é melhor responder na hora, senão pode virar uma chateação. Para alguns perfis inquietos e insaciáveis, a aposentadoria deveria ser proibida.

Aperto o botão e, como era de se esperar, a voz dele enche a sala. Escuto enquanto, entre colherada e colherada de iogurte, vou subindo as persianas da área para deixar entrar a luz e ventilar um pouco.

"Imagino que já deve ter chegado... Espero que não tenha pegado muito trânsito. Encontrei a Pepi ao sair do clube Casinet e te mandou lembranças. Falou que, se soubesse que você estava na vila, teria gostado tanto de te ver e dar um abraço... Ah, Paula! Você deixou sobre o mármore da cozinha o pedaço de pão de ló que te trouxe a Maria de can Rubiés... Só queria desejar que você tenha um bom retorno ao trabalho. Então é isso, mais nada... E coma, viu? Um beijo".

Fico com a boca entreaberta e sinto uma repulsa imediata. Jogo o iogurte no lixo. A imagem do pedaço de pão de ló dentro do pote da Maria de can Rubiés me dá náuseas. Eu o vi na cozinha hoje de manhã antes de sair da casa do meu pai. Eu o tive em mãos, de fato, mas deixei de volta sobre o mármore, porque o recipiente tinha o mesmo cheiro rançoso que o bafo da sua proprietária.

— Temos que ser fortes, linda. Você é muito jovem. Precisa refazer sua vida.

Jogou a frase assim, eu gostando ou não, na terça-feira à tarde, quando fui visitá-la com meu pai e ela nos ofereceu café. Acho que a boa intenção do meu pai de passar para cumprimentar os vizinhos quando estão doentes, ou quando morre algum familiar, tem a ver com a sua obsessão por se sentir menos forasteiro na vila onde se instala por temporadas cada vez mais longas; nunca o vi fazer isso em Barcelona, a não ser que sejam amigos ou familiares próximos, e, apesar disso, a cidade jorra dele através de detalhes que o delatam: anota as visitas na agenda e, no dia que tem que ir, até se arruma. Sem ir mais longe, na terça de manhã, enquanto tomávamos o café da manhã no quintal, tocou o alarme do seu celular. Enxugou os lábios com o guardanapo e, sem deixar de mastigar, me informou:

— Maria de can Rubiés, ao meio-dia. Temos que nos apressar se quisermos tomar um banho de mar em Port de la Selva antes de passar para lhe dar os pêsames.

Fiquei olhando para ele, cética, e informei que não considerava acompanhá-lo à casa de dona Maria de maneira alguma, que dar os pêsames a pessoas que me são alheias não entrava nos meus planos de verão.

— Mas ela conhece você, sim. Se você me acompanhar, hoje à noite farei peixe com berbigão.

NA VILA, não sabem que o Mauro me deixou algumas horas antes de morrer. Meu pai tampouco, ainda que ele soubesse que estávamos passando por uma temporada muito ruim. Era outono, mas não estava frio. Discutimos bastante, porque eu comprei umas passagens para o feriado de novembro e, para ele, as datas não caíam bem, por uma questão de trabalho. Falei para ele que depois não podia me acusar de não surpreendê-lo nunca e nos embolamos como em um novelo de lã, daquela que coça, cheio de gritos e batidas de porta. Ele mandou eu me lascar e eu falei que muito bem, que ao seu lado isso estava garantido. Meia hora depois eu tinha combinado de acompanhar meu pai no dermatologista. Tinham que tirar umas pintas das suas costas e, medroso como ele é, me perguntou se podia acompanhá-lo até em casa depois da cirurgia, que era muito simples. Enquanto esperávamos que o chamassem, ainda que fosse óbvio para mim que ele não me ajudaria, porque nunca soube fazê-lo, me deixei levar pela fraqueza do momento e, sem entrar em detalhes, falei que o Mauro e eu não estávamos nada bem. Minha voz tremeu e então ele falou aquilo da temporada ruim. Batizou assim. Uma temporada ruim, Paula, você vai ver como na primavera as coisas vão voltar a ir bem. Acontece com todos os casais. E com essa simplicidade temporal e dois tapinhas nas costas, deu o problema por resolvido. Por dentro eu ri da minha ingenuidade e mandei os dois irem pastar. Acabar com as pintas, acabar com os problemas. A primavera.

Meu pai teria ficado tão triste se nos separássemos depois de tantos anos que deduzo que não teria sido capaz de elaborar uma explicação para os seus amigos que suavizasse o cataclismo de ter uma filha que vira solteirona depois dos quarenta. Gostava de falar coisas como "Meu genro é editor", "Meu genro será entrevistado hoje no La Vanguardia", "Meu genro conseguiu fazer florescer outra vez a roseira Noisette que tenho no muro que dá para o leste". Apreciavam muito um ao outro, formavam uma espécie de comunhão ao redor da família legal que não éramos ou que eu freava que fôssemos. Chamando ele de "genro", se apossava dele mais um pouco. "A Paula vai ficar uns dias em casa. Meu genro teve um acidente. Ele morreu".

Que dona Maria me conhecesse e eu não conhecesse ela só podia significar que meu pai não vacilou nem um pouco na hora de me introduzir no seu círculo como a Paula, coitada, que perdeu o companheiro em um acidente. De alguma maneira, é mais fácil ajeitar o estado de uma filha colocando uma morte no meio do que dar margem para elucubrações sobre os casais de hoje em dia, com tanta liberdade e tão pouco ânimo para reparar as coisas quando vão mal; a morte repara tudo o que é irreparável, é irreversível e tergiversa tudo. Modificou o Mauro e o colocou em algum lugar próximo dos santos e dos inocentes. A morte se parece com a primavera.

MEU PAI e a Maria de can Rubiés falavam com frases entrecortadas, quase que tiradas de um manual. Há uma língua específica para falar dos mortos, um inventário de sentenças que fonologicamente se movem entre o respeito e o temor. Eu olhava os dois da porta, eludindo um cheiro que flutuava no ambiente, mistura de marmelo azedo e salame recém-cortado, desejando com ânsia que o café ficasse pronto, com esperança que a cafeteira explodisse e pudéssemos fugir de lá sem ter que nos sentar ao redor daquela mesa coberta pela toalha de plástico pegajosa, onde seguramente ainda deviam permanecer as digitais dos dedos roliços do marido morto de dona Maria.

Era 26 de agosto e ela vestia uma jaqueta preta de manga comprida, saia até os joelhos e umas pantufas de ficar em casa, de inverno e com abas, que, ao lado das minhas sandálias sem salto e feitas com duas tiras escassas de couro, pontuavam uma codificação diferente para cada uma de nós. Não somos a mesma mulher e, portanto, não compartilhamos o mesmo tipo de dor, por mais que a aflição nos convoque, como se o luto fosse um agente infeccioso com capacidade para se reproduzir e se transmitir independente da vontade de quem perde alguém a quem amou. Minha dor é minha e não quero que ela se aproxime.

Sem saber como, eu estava sentada ao seu lado, forçava um sorriso e evitava pensar que a ponta da toalha tocava ligeiramente minhas coxas, quando de repente o borbulhar da cafeteira sentenciou que não tinha escapatória. Dona Maria se levantou, apagou o fogo com parcimônia e, de um armário-aparador-despensa de fórmica descolorido, pegou três xícaras que pareciam de brinquedo. Um bafo de mofo invadiu o ambiente. Foi então que, no meio de um silêncio quebrado somente pelos segundos do relógio da cozinha, ela se aproximou muito de mim, demais, até o ponto de me fazer fechar os olhos, e disse:

— Temos que ser fortes, linda. Você é muito jovem. Precisa refazer sua vida.

Não quero rastros da halitose da Maria de can Rubiés tão perto, nem de nenhuma mulher que se pareça com ela, não quero pão de ló. Não quero ouvir mais predições sobre meu futuro. Não quero compartilhar da sua firmeza e menos ainda que ela se identifique comigo. Minha dor é minha e a única unidade de medida possível para calibrá-la é a intimidade de tudo aquilo que a conforma. Como eu o amei, como ele me amou. De que maneira única já não éramos nós e, portanto, de que maneira única eu saberei chorá-lo.

Seguramente meu pai percebeu como a cena tinha me perturbado e, naquela mesma noite, enquanto eu sentava na espreguiçadeira sob a figueira, saiu, apagou a luz do alpendre e me pediu que aguçasse todos os sentidos. Na casa de La Selva de Mar que comprou com muito esforço, economias e orgulho, o muro de pedras irregulares do pequeno jardim coberto de hera limita com uma zona de bosque onde termina a parte urbanizada. Quando você fica em silêncio, um monte de sons não tardam a aparecer: grilos, o zumbido das mariposas e dos mosquitos, as folhas embaladas pela brisa, o murmúrio do córrego que transcorre bem no meio da vila, o bater das asas de algum morcego e, bem raramente, o pio majestoso de uma coruja. Em quinze dias, o ouvi apenas três vezes. Meu pai me falou que não a veria, que desde que começou a passar o verão nessa casa, ao longo de todos esses anos, só conseguiu vê-la levantar voo em raras ocasiões, fugazmente. Comentou, como se não fosse nada, que, no ideário ancestral, a coruja é a união entre os três mundos: o submundo, o mundo visível e o celestial. Segundo disse, para os antigos egípcios, mas também para os celtas e os hindus, a coruja era um totem que trazia proteção às almas dos defuntos. Abaixou ligeiramente a cabeça e colocou as mãos nos bolsos da bermuda quando pronunciou "defuntos". Eu o adverti para não seguir por esse caminho, pois, ainda que daqui a uns meses eu faça meus quarenta e três, com a morte do Mauro passei a ficar medrosa e até as coisas esotéricas me incomodam. Riu e passou o braço pelas minhas costas, me aproximando dele.

— Vamos, Paula. Dê a volta. A coruja também pertence à lua, é mensageira de segredos e presságios. Veja assim: ela traz sabedoria, liberdade e mudanças.

Logo depois me deu um beijo nos cabelos e disse boa noite. Apenas consegui apertar sua mão, incapaz de falar algo, vencida pela emoção do seu gesto.

O céu preto e faiscante de estrelas caiu em cima de mim com um peso próprio, o peso infinito de tudo aquilo que não me pertence, que desconheço. Eu não acredito nessas coisas e me sinto muito mais segura no mundo da lógica e da ciência; depois de uns dias, no entanto, a conversa persiste e as palavras do meu pai ressoam dentro de mim até me inquietarem. Tomava por dado que, com o meu silêncio, a alma do Mauro já está protegida, e que, em todo o caso, se é preciso compartilhar totens, sou eu que mereço um que me guarde e me encoraje a seguir o meu caminho.

A morte me incomoda. Desde que ele não está mais, a morte me irrita, me exaspera por ser insolente e sem-vergonha, por como encobre o Mauro e por como está viva.

ABRO A PORTA da varanda com toda a intenção de apagar imagens da vila que mortifiquem os ânimos, mas agosto fez estragos. As samambaias viraram um redemoinho marrom de folhas secas, a calla está mais amarela do que verde, as gardênias estão com pulgões. O chão está coberto de folhas secas. Faço a contagem. Com cem por cento de saúde, somente sobrevivem as kentias, os clorófitos e a laranjeira.

— Vamos botar umas kentias, Paula, acredite em mim, não morrem nunca.

Estávamos justamente aqui há mil anos, com um apartamento vazio e muitas expectativas. Olhávamos satisfeitos para aquela varanda tão espaçosa, como o futuro, sem nuvens de tempestade à vista. Ninguém nos avisou que as kentias iam viver mais que ele. Tampouco alguém me disse que agora eu deveria cuidar das suas plantas.

— ¡Buenos días, Paula!

Escuto o sotaque norte-americano inconfundível do Thomas no andar de cima. Meu vizinho está na janela fumando um cigarro.

— ¿Cuándo has llegado? ¡Te echaba de menos!

— Faz dez minutos, e olha isso tudo — digo apontando para as plantas. — Aconteceu uma guerra nuclear enquanto estive fora e eu não fiquei sabendo?

— El próximo año me pides que te las riegue.

Mas são as plantas do Mauro e ele nunca lhe pediu que cuidasse delas no verão. Certamente faria isso com o mesmo cuidado e paciência que tem comigo, mas, apesar da confiança, também não ouso falar que me esqueci de acionar a irrigação automática e que não pensei nisso até chegar na estrada, quando já tinha pegado as filas quilométricas de uma sexta-feira de agosto, e que então me deu muita preguiça de voltar. Que, bem no fundo, pensei: "Vai catar coquinho". Mas agora, rodeada de plantas deterioradas e desvalidas, me sinto um ser miserável. O Mauro por quem eu me apaixonei acreditava que somos apenas uma parte da criação do planeta, que o reino animal, mas também o mundo vegetal, merece a mesma atenção que aquela que dedicamos aos humanos. Falava que estamos aqui para nos reproduzirmos biologicamente, como os gatos, como as baleias, como as bactérias, como as plantas. Uma noite, quando talvez já fôssemos um triângulo e eu não sabia, me lembro de tê-lo acusado de que intuía melhor quando uma orquídea estava suscetível à desidratação do que quando eu tinha vontade de sexo. Me olhou magoado. Gostaria de me esquecer daquele olhar, gostaria de retirar algumas das coisas que nos dissemos.

É infantil acreditar que o Mauro ainda esteja em algum lugar depois de ser reduzido a dois quilos e meio de cinzas, mas, se ele ou seu suposto espírito estivesse em algum canto deste planeta, seria aqui, nesta varanda, no meio dessas plantas.

— Me convida para jantar, Thomas? Só tenho iogurtes vencidos, então qualquer coisa será ótima.

Ele se vira para dar uma olhada rápida para dentro e com voz muito baixa me informa que não está sozinho. Pisca para mim e me lança um beijo.

— Mejor mañana. Happy to see you!

Acho que vi uma presença com cabelão loiro se mexendo na penumbra. Sorrio, por fim. Parece que há vida na Terra.

COM AS MÃOS NA CINTURA, avalio os danos. Me dirijo ao que resta das suas plantas e murmuro: "Não considero deixar vocês morrerem, suas sacanas. Eu não sou a Maria de can Rubiés. Me chamo Paula Cid e sou a melhor insuflando vida".

1984. Custa crer, eu sei, mas foi com George Orwell que consegui desbloquear o seu celular na primeira noite em que já não estava vivo. Talvez tenha visto você digitá-lo alguma vez e, de maneira inconsciente, retive o código na memória, mas gosto de pensar que nessa partida eu ganhei por você ser previsível. Você e seus livros também não eram nada de outro mundo, viu? Segunda tentativa. Não foi tão difícil. O primeiro foi o número secreto do seu cartão de crédito. Não funcionou. Como casal, tínhamos tempo juntos o suficiente para conviver com uma franqueza excessiva e invadir terrenos íntimos, como o banheiro e os cartões de crédito, e também tempo suficiente para fazer crescer uma intuição bastante sólida para deduzir nossos movimentos sem estarmos conscientes. No fim das contas, tudo se intui da mesma maneira, um mau humor ou uma senha.

Então lembrei que, no final do almoço de um domingo, o Nacho e você renegavam o último romance de um autor britânico que vocês traduziam na editora. As expectativas foram muito altas, vocês apostaram forte nele, mas ficaram espantados com quão ruim era o material que havia chegado. Até pensaram em propor para o editor que alguns capítulos fossem cortados. A doçura da tarde de domingo e a garrafa de Grand Marnier anestesiavam vocês e faziam com que rissem e arrastassem as palavras. Com humor, o Nacho propunha que fossem mais sutis e lembrassem o autor sobre as seis regras de escrita de George Orwell. Eu esperava na cozinha com a Montse, ajudava ela a arrumar tudo e ansiava por ir embora e poder tomar banho antes do plantão. Não me sentia bem e te pedi ao pé do ouvido por favor que não alongasse muito a reunião. Você acenou que sim com a cabeça sem nem me olhar ou me perguntar o que me acontecia. Fez aquele movimento lateral com os olhos, veloz, enquanto pensava a resposta que daria ao amigo que te provocava e falava que sim, que *1984* era talvez a crítica mais dura contra o capitalismo ocidental, mas que, para ele, não era nem de perto a melhor obra de Orwell. Você nem deve se lembrar, não porque esteja morto e os mortos não lembrem, mas porque às vezes, quando estava vivo, se alguma coisa te entusiasmava, você deixava de me ver, fazendo com que eu desaparecesse, e ficava sozinho com o seu interlocutor e o seu egoísmo. Não escutou a minha súplica. E eu odiei George Orwell, ou talvez odiei você. Pedi as chaves do carro e me fui embora sozinha, sem falar nada para vocês. Quando saí do banho, enrolada na toalha e com os cabelos ainda pingando, fui ao seu escritório e rasguei um dos cantos superiores da reprodução do cartaz do filme de Michael Radford. *1984*. Sempre achei espantoso. Fui embora deixando um monte de pegadas que, quando você chegou, com certeza ainda não tinham secado. Eu tampouco tenho jeito para apagar as provas do delito.

1-9-8-4, deslizei o dedo na tela e se levantou o telão de sua vida sem mim. Você deve saber que não mexi em nada até depois do funeral, que fazer isso antes me parecia uma falta de respeito muito grande, e, quando o fiz, foi a goles pequenos para não me sufocar e poder fingir que te espiava como se você estivesse um pouco vivo. Assim que vi aquilo de "Transar com você no banheiro dos restaurantes entre o segundo prato e a sobremesa me deixa dez anos mais jovem toda vez", ou a ordem que você lhe dava, "Bota aquela calcinha verde gritante hoje à noite, me dá uma vertigem, vou ficar de pau duro o dia todo só de imaginar", não li mais nada, já tinha compreendido tantas outras coisas que te transformavam em um homem que me custava reconhecer.

Na noite que você morreu, porém, no meio do vazio da cozinha, com o zumbido da geladeira como o único indicador que tudo estava acontecendo de verdade, li apenas uma mensagem, a última que você enviou a ela depois de almoçar comigo e de me sacudir dos pés à cabeça. Quando ainda não tínhamos te enterrado, reconheci seu nome e li as últimas palavras que você enviou, as últimas que você escreveu: "Já falei pra ela, Carla. Está feito".

Você estava morto e eu pensei que era um pau-mandado.

4

Quando cheguei, às duas e quarenta e cinco da tarde, a Marta e a Vanesa estavam vestindo seus jalecos na frente dos armários, alvoroçadas, chorando de tanto rir.

— Boa tarde, meninas. Vejo que o plantão promete.

Em seguida, me arrastam pelo rio da sua alegria e me falam de uma loja de artigos eróticos que abriu no térreo do prédio onde mora a Vanesa, no bairro de Horta. Querem me convencer a acompanhá-las uma tarde. A Vanesa e a Marta são as residentes que tenho na minha equipe e adoro elas. Tentei não amá-las muito, porque sei que acabarão indo embora daqui a uns meses, mas foi impossível. São tão jovens e a vida cai tão bem nelas...

A Marta se vira para se assegurar de que ninguém a vê e abre a camisa para nos mostrar seu sutiã novo. Falamos que é extraordinário e fazemos todo tipo de comentários picantes. Acho de mau gosto e vulgar, mas não vou falar. Tenho a sensação de que estou ficando velha e que, se for na onda delas, ainda mantenho um pé no seu terreno. Mas seus vinte e sete e vinte e oito anos borbulham com inconsciência e, em seguida, sinto que a minha idade me deixa fora do jogo. Quero ficar seja como for. Não consigo deixar de olhar para os peitos firmes e turgentes da Marta, com os ligamentos de Cooper em plena forma, e os observo como quem admira um ícone de desejo, fascinação e sensualidade. Quase não as ouço rir, porque o Quim me vem à mente sem avisar e, como uma fagulha, me acende automaticamente uma lembrança.

Colocou o dedo indicador por debaixo da alça do sutiã e o fez cair muito devagar, percorrendo a forma arredondada das minhas costas. Primeiro uma, depois a outra. Durante os últimos anos, eu só estive com o Mauro. O conjunto reduzido de homens que houve antes se limitava a um jogo que alternava com as provas e os atlas de anatomia.

O Quim guarda a emoção intacta da novidade e da vingança, mas o apartei com o pragmatismo de quem fecha uma torneira. O prazer que aparece somente quatro semanas depois de perder para sempre seu companheiro é audacioso demais, e, logo que termina, é preciso mantê-lo em absoluto segredo. Você precisa esfregar muito forte o seu corpo com uma luva de fibra para conseguir que saia aquilo que acaba de se dar sobre sua pele, precisa esfregar até ficar vermelha de dor e de vergonha. "Fique longe de mim, porque vamos nos machucar" me pareceram as palavras mais fáceis. Não sei por que mantenho a esperança de receber notícias dele. No seu lugar, eu não iria querer me ver mais.

— Tenho razão ou não, Paula? Fale você, que ela não me escuta!

Mas não sei do que fala, a Marta, enquanto veste o jaleco. Me perdi em algum ponto da conversa e, além disso, me invadiu um mau humor súbito.

Quando o Santi entra na sala com pose séria, as duas se endireitam. A Marta tosse de leve e acaba de colocar o jaleco, e a Vanesa se apressa para fechar o seu armário.

Durante a troca de plantão, ao redor da mesa redonda, enquanto repassávamos os pacientes, reparei nas mãos enormes do Santi quando ele passava as folhas de controle, coroadas por um tufo de pelos brancos como a lã fibrosa de uma ovelha islandesa. Tem umas mãos de avô, desproporcionais, que se magnificam quando as aproxima dos corpos diminutos das crianças que temos na UTI. Imagino ele em casa fazendo coisas pequenas com aquelas mãos grandiosas: descascando um alho, fazendo tranças africanas nas suas netas, tirando quatro pelos das sobrancelhas com uma pinça e fazendo o nó da gravata toda manhã. Acho que deve se atrapalhar, com esses dedos tão ossudos. De repente, imagino as duas mãos sobre os peitos da sua mulher, a Anna Maria. Imagino os dois na cama. Ela com o coque impecável e aquela sombra de olhos violeta tão anos oitenta, e ele com aquelas mãos de gorila velho dominando a postura do lótus. Será que ainda vão para a cama? Há esse fantasma, essa convicção tão instalada de que os homens pensam em sexo o tempo todo e que as mulheres nunca ou só às vezes, mas eu penso no Mauro e na Carla, nos seus corpos juntos, vivos e cálidos. Leio com avidez seus bate-papos quando me dá vontade, cheguei a decorá-los, e agora seu sexo é meu, sai à luz quando eu quero e pronto, e, nos dias em que estou mais compassiva, chego a pensar nela e em como deve se sentir sem ele, e a imagino sentada no chão retalhando a calcinha verde gritante com uma tesoura e penso "Agora aguente, linda", e a dor me bate na cara e me lembra que não apenas sei exatamente quantos dias faz que eles não vão para a cama, mas também quantos meses desde a última vez que estive com o Quim, a dor me bate quando conto o tempo que o Mauro e eu estávamos juntos sem desejo. Sexo vazio. Para onde vai todo esse desejo que não se consuma? Se transforma, como a energia, que passa de formas úteis a outras menos úteis?

E o que é mais útil para continuar viva do que o fantasma do desejo? Olhe então para a Vanesa e a Marta, explodem de vida quando entram aqui cada dia, brilham, gravitam, são pura purpurina. Sempre dizem que transar é relativamente fácil, e eu dissimulo o interesse enquanto administro ibuprofeno intravenoso para alguma criatura diminuta e as observo com o canto do olho, cheia até aqui de inveja, e não reúno coragem suficiente para perguntar como, onde, e se acham que eu também poderia, se eu poderia, considerando minha condição, de que maneira uma pessoa se despe de tudo e de todos e consegue entender: o que há de mais oposto à morte é o desejo. Fantasmas dentro do meu cérebro rarefeito. Ainda preciso domesticá-los. A morte obriga a certa solenidade, à inatividade, a renegociar com cada coisa que dava sentido à vida de antes para se adaptar à de agora.

O Santi me pega observando suas mãos e me fulmina com o olhar.

— E você, o que propõe, doutora Cid? — perguntou, me desafiando.

Me sinto como uma criança pequena a quem repreenderam por fazer alguma travessura, minhas bochechas ardem, mas me esforço para adotar uma expressão convincente e não olhar para ele, mas para as residentes.

— Para mim, é óbvio. O Mahavir está estável há duas semanas, mas, ainda assim, a displasia broncopulmonar me preocupa. No momento, me limitaria a manter o suporte respiratório, mas tentaria baixar a pressão.

Em seguida busco seu olhar, altiva, para demonstrar que não precisa voltar a duvidar de mim, que estou ciente de tudo e que não baixo a guarda. Antes de sair, porém, ele me chama à sala pequena dos fundos, aquela que tem os vidros opacos. É um homem alto e velho ao mesmo tempo, e a sala se encolhe quando ele está dentro.

— Senta, Paula, senta.

— Santi, a Marta me espera para os curativos secundários, não gostaria de fazer ela esperar, porque... — Detém minhas palavras segurando minha mão magra entre as suas, imensas.

— Paula, está tudo bem?

O seu tom me transporta às aulas de francês que fazia na escola de idiomas quando era mais nova, a aqueles diálogos que nos faziam ler em voz alta entre dois alunos. Havia aquela teatralidade e exagero no sotaque que transformava tudo em uma farsa.

— Vous avez choisi?

— Une salade et une eau minérale, s'il vous plaît.

— Et pour monsieur?

— Un sandwich et un café. Merci.

Se o Mauro estivesse vivo e me perguntassem se está tudo bem, me limitaria a dizer, como todos os mortais se limitam a dizer, "Vou indo. E você?", e mudaríamos de assunto, porque, na realidade, saberíamos que, com mais ou menos sucesso, enquanto estivermos vivos, estamos bem, saberíamos que é uma simples pergunta, uma cunha, uma formalidade linguística para começar uma conversa, mas o Mauro não está vivo e as respostas esperadas exigem que me mostre frágil por condescendência.

— Tudo bem, e você?

O Santi abranda o olhar para me indicar que não aceita a resposta, relaxa as costas como se quisesse me fazer entender que estamos sentados aqui porque ele se preocupa comigo, para me lembrar que é todo ouvidos. Não repara que eu traduzo isso como um ato egoísta com o qual só pretende satisfazer o seu dever. A bondade o transforma em um egoísta ambicioso. Todos sabem, bem no fundo, qual é a situação. Por que têm que perguntar? "Está tudo bem?" é uma pergunta totalmente absurda quando colocada para alguém que perdeu o homem que a largou.

"**E AGORA, O QUÊ?**" seria, sem dúvida, uma pergunta mais adequada. "E agora, o quê, Paula?", e eu responderia que não sei, que só penso em respirar e trabalhar.

— Paula, escuta. Faz muitos anos que nos conhecemos e sei que tudo o que se passou nesses últimos meses te afetou muito. Há razões para isso e para muito mais. Sei como você amava o Mauro. Você é uma mulher forte e vai sair dessa, mas lembre que, se precisar tirar um tempo para você, tem todo o direito, e eu não colocarei nenhum empecilho. Você é uma médica adjunta imprescindível para a equipe, uma das melhores, mas há prioridades, e se é preciso descansar, temos que prever com tempo, tanto para você quanto para nós.

— Estou bem, Santi, de verdade.

— Paula, às vezes achamos que podemos tapar os buracos com areia, passar por cima e seguir o nosso caminho. Que nada te impeça de pedir um tempo para se recompor.

Odeio o ritmo que as conversas tomam. Há como uns espaços sustenidos de silêncio diante dos quais eu preciso trapacear. Se não me levanto agora mesmo, cairei lá dentro, gritarei ou vomitarei. Como se atreve a me dar lição? Morreu o Mauro, mas sou eu quem deve assumir a sua desgraça, morreu ele e sou eu quem deve se reinventar? Corna, sozinha e com o dever de casa por fazer.

— Santi, te agradeço, de verdade, mas não é preciso.

— Muito bem, confio em você. Mas pense nisso, está bem?

Eu me levanto e ajeito bem a cadeira. Não olho nos seus olhos quando viro as costas, irritada. A capacidade das pessoas de proclamar sentenças sobre o meu futuro me enerva até limites insuspeitados. Há profetas do luto que deveriam se aposentar. Eu gosto dele, o Santi, diria que até o amo, como um pai, como um avô, como o sábio que me ensinou os segredos que não se encontram nos livros de medicina, mas nesses momentos eu o odeio por insistir em me fazer sentir tão vulnerável e conseguir, no meu local de trabalho, o único cenário onde acho que caminho com segurança, me provocar esse nó na garganta. Aqui não, Santi, por aquilo que você mais preza, aqui não.

O plantão é tranquilo. As gêmeas que nasceram na noite passada evoluem sem problemas, e o Mahavir, pobrezinho meu, continua delicado como sempre. Nasceu com quinhentos gramas de vida, correndo sangue indiano em cada veia diminuta do seu corpo, que hoje pesa dois quilos e cem. Faz meses que está aqui e parece que enfim se adapta ao tratamento, mesmo que ainda precise de oxigênio. A Pili, porém, que trabalha neste hospital como enfermeira há mais de trinta anos, torce o nariz toda vez que abre a incubadora para fazer os curativos.

— Este niño, Paula... — Nesta noite, enfatiza isso torcendo a cara e negando com a cabeça.

— Pili, posso te pedir um favor?

— Pues claro. — Não se virou, continuou com as mãos dentro da incubadora enquanto trocava a fralda com habilidade.

— Você pode deixar de fazer comentários negativos sobre o Mahavir, ou sobre qualquer outra criança que temos aqui, quando você estiver na frente delas?

Ela se virou, surpresa. Me olhou uns segundos com os olhos arregalados e depois continuou de cara para a incubadora, trabalhando, ofendida, sem dizer nada, mas impecável, como sempre. Sinto remorso no momento, porque a Pili é uma grande profissional e adora as crianças. Sei que, quando duvida de uma delas, geralmente não erra, e por isso não consigo suportar que faça isso. Não sei como lhe explicar que o Mahavir é importante para mim, que gosto da doçura da sua mãe, que me conta histórias de Bangalore que me fazem viajar longe. Me prometeu que, se alguma vez eu viajar para a Índia, cuidarão de mim como uma rainha, e talvez porque não tenha outros planos a não ser os hipotéticos, me aferro à possibilidade e à tênue ilusão que me provoca pensar em uma viagem colorida. Não sei como explicar para a Pili como as coisas são estranhas às vezes e que não paro de pensar no fato que dois elementos desconexos podem estar relacionados de maneira fortuita para sempre. Isso é realmente o que me ocorre, não tem a ver com ela, mas comigo e com a fixação que, no dia em que a mãe do Mahavir ingressou no hospital, muito antes que ele nascesse, quando era somente informação explícita e formal na boca de obstetras e neonatologistas, o Mauro se acabou para sempre.

— Pili. — Toco seus ombros, mas ela não se vira. Tento uma segunda vez. Nada. É uma das mulheres mais teimosas e orgulhosas que conheço.

— Mahavir, lindo, você pode tirar todos esses tubos por um momento e falar para a Pili me perdoar?

Fecha as janelas da incubadora sem pressa e se vira com um sorriso irônico. Tem uma cintura larga e uma rotundidade de volumes que se impõe. Faz lembrar uma escultura novecentista ou uma representação da mãe Terra. Dá vontade de abraçar toda noite.

— Desculpa. Não sei o que me aconteceu — digo com sinceridade.

Toca de leve meus ombros e se afasta carregando potes de leite e fraldas enquanto resmunga entre dentes "Mi abuela siempre decía que es mejor esperar lo malo con cariño, si lo malo es tan malo que hasta lo puedes ver venir".

5

O Quim irrompeu na minha vida com a força de um furacão.

— Te escutei falar no celular em um idioma que reconheço. Oi, meu nome é Quim.

A luz de neon azul, que iluminava a borda do balcão do bar no aeroporto, me lembrava o efeito cromático da fonte de calor das incubadoras novas que haviam chegado na UTI. Trinta e dois graus centígrados para que o corpo dos recém-nascidos se mantenha estável a trinta e seis ou trinta e sete e a uma umidade constante. De todas as incubadoras da unidade, a mais velha é a minha preferida. Eu a chamo de Londres. É a minha Londres embrumada. As novas são naves alienígenas de feitura perfeita, banhadas pela luz estelar azulada, mas, para o meu gosto, falta nelas a bruma nostálgica que perola de gotinhas a superfície do cubículo. A entrada inesperada do Quim desfez o pensamento objetivo que ainda me mantinha ligada ao congresso. Eu então ignorava que, a partir daquele momento, ele seria o responsável por quebrar a imparcialidade que tinha me guiado ao longo dos anos, fundamentada somente pela experiência, pela observação dos fatos, pela mera prática, e que só com os nossos encontros, e com a lembrança que ficaria, me erodiria até me deixar como um seixo à deriva nas águas desse esquecimento ao qual eu mesma o obriguei e que parece que lhe cai bem.

O aeroporto de Amsterdã estava colapsado. Nevava com intensidade em todo o norte da Europa há dias, tinham cancelado muitos voos e a maioria de nós, os passageiros, tínhamos que passar a noite no terminal, onde os painéis publicitários com praias de areia branca e florestas tropicais decoravam o espaço e o tempo, congelados em uma quarta dimensão zombeteira.

Estava de mau humor por conta do voo cancelado e arrastava o cansaço de dois dias de congresso, e ainda que eu negasse para mim mesma, também me ofuscava saber que, chegando em casa, não importando a pontualidade de todos os voos do mundo, o Nacho teria pegado as duas últimas caixas com coisas do Mauro, aqueles livros e aquelas plantas suas que se reproduziam como um esporo, criando novos organismos por divisão mitótica; livros e plantas por todo lugar, sempre, sem fim, dispersando-se pelo meio daquela que tinha sido a nossa casa.

— Tem certeza que você quer que eu fique com isso, Paula?

Respondi com um som quase inaudível que denotava convicção.

Nas últimas caixas, coloquei também as ferramentas de jardinagem, as luvas que já eram um molde das suas mãos e o regador metálico. Empilhei uma sobre a outra ao lado da porta da entrada, porque meu pragmatismo não as concebia em nenhum outro lugar. O Nacho já tinha feito uma primeira viagem dias depois do acidente para pegar o grosso de tudo o que tinha pertencido ao Mauro; ele era o único que estava ciente daquilo com a Carla e não teve coragem de questionar nada quando falei que ele podia fazer o que quisesse daquilo tudo, e que falasse para os pais e a irmã do Mauro que eu já não tinha suas coisas, que, se precisassem de algo, pedissem para ele.

— Acharão muito estranho, Paula.

Mas naqueles primeiros dias eu tinha desistido de tudo e todos, e percebia a sua família como uma unidade, uma poça de água parada com raízes de ervas daninhas que se enfiavam até o fundo, e achei que a minha decisão de me esvaziar dele era a única maneira de me encher de ar. Eu estava me afogando. A dor me afogava. Naquele momento, não sabia que a quantidade de caixas que enchesse e que a constância na procura de qualquer indício do Mauro não eram importantes; um velho ingresso de cinema ou um aparelho de barbear. Desconhecia que, por mais que me esforçasse e impecável que fosse o extermínio do seu rastro, ele habitaria lugares inesperados, no cheiro espontâneo de alguém que vira na rua atrás de mim ou na maneira nervosa de colocar os óculos de algum convidado de um programa na tevê, com um gesto idêntico, em plena discussão. Seu raio se estendia por uma rede resistente, decidida a me fazer compreender que viveu quarenta e três anos, muitos deles ao meu lado, dentro desse espaço que tínhamos chamado de casa.

Não falei para o Nacho que fiquei com os óculos de reserva, aqueles com a armação de acetato. Cor havana-escuro, o Mauro tinha anunciado quando os estreou, e eu rachei o bico de rir. Qual cor é havana-escuro? Havana-escuro é esse marrom. Esse marrom é o marrom de sempre. Mas não, é cor havana-escuro, Paula, juro. Tínhamos nos abraçado e eu falei que tanto faz, ficam um arraso em você. E ainda posso sentir o calor dentro do abraço, o cheiro de limpo inclusive depois de ter passado um dia inteiro no trabalho, com os almoços e as reuniões impregnadas no algodão da camisa, o cheiro de um homem pulcro de unhas bem cortadas. O cheiro de um homem vivo. Também fiquei com todos os seus blocos de notas e a blusa verde de lã que compramos em Reykjavik. Pensei "Um dia você talvez vá abraçar ela, Paula", e está lá na gaveta, junto com o seu documento de identidade, o certificado internacional de vacinação, de cor amarela, e o passaporte, que não precisou para fazer a última viagem.

Depois de um mês, ainda restavam aquelas duas caixas no hall de entrada. Me irritavam. O simples contato visual era suficiente. O ódio e o amor às vezes se juntam em uma bola só, como gotas de mercúrio, e da amálgama sai um sentimento pesado e tóxico e estranhamente saudoso. Isso é o que me irrita. A saudade apesar de tudo. As duas caixas eram a última âncora, uma pequena lembrança feita de flora e de literatura.

O QUIM ESTENDEU a mão para me cumprimentar depois de pronunciar seu nome em meio ao barulho do terminal. Avaliei-a por uns instantes sem compreender. Então era verdade, existem seres que se regem por reações espontâneas, um desconhecido podia sair do nada, no balcão de um bar de um aeroporto saturado, e interagir com uma mulher abatida que acabava de desligar o telefone para cancelar uma reunião de trabalho.

— Paula — respondi. Como se modulava a voz para entrar no jogo?

Sorriu e apareceram umas covinhas nas bochechas.

— Não acredito. Você não tem cara de Paula.

— Ah, não? Você, ao contrário, tem muita cara de Quim. — Por ser nova nisso, achei que me saía bastante bem.

Ele riu e olhou para minha xícara com uma infusão de ervas ainda sem provar. Assinalou com o dedo e torceu o nariz.

— Vai tomar isso? Ia pedir uma taça de vinho. Você quer?

Encolhi os ombros.

— Duas taças desse vinho aqui, por favor — pediu para o garçom, indicando um vinho do cardápio.

— Excuse me, sir?

Torceu a boca e arregalou os olhos para brincar com a confusão idiomática e depois voltou a pedir as taças em um inglês excessivamente anasalado. Acabei rindo um pouco, coisa que reconheci como uma resposta adormecida do meu corpo. Ele me contou sobre vinhos e adegas, sobre uvas próprias de diferentes territórios e denominações de origem enquanto eu calculava quantas horas dormiria antes do plantão se conseguisse chegar a Barcelona não mais tarde que às dez da manhã. De repente, achei chato. Teatro demais, ensaiado demais, fácil demais. Cortei ele sem reservas e deixei o dinheiro sobre o balcão.

— Tenho que ir embora. Preciso fazer uma ligação. Foi um prazer, tá?

Fez apenas um gesto com a cabeça para falar tchau. Ele todo adotou uma expressão de decepção que apagou as marcas do fingimento que o jogo lhe exigia, e foi então que o tive na minha frente sem filtros, com uma covinha aqui e outra lá, e aquele par de olhos negros, sorrindo apesar do meu rompante, que faiscavam mil possibilidades e convidavam a permanecer e se divertir. E então pensei na Carla, naquelas primeiras frases das conversas mais antigas que encontrei entre ela e o Mauro, que denotavam conquista, perfumes com intenções demais, batom afiado, formigamento desenfreado na boca do estômago e a liberdade vigorosa de poder apanhar tudo, inclusive a menor e mais cotidiana parte que me pertencia, saber desfazer-lhe o nó da gravata, talvez tirar uma migalha de pão do canto dos seus lábios enquanto decidíamos se congelaríamos a sopa que tinha sobrado. Aquilo era meu e alguma coisa dentro de mim foi ativada e me obriguei a me deixar levar pela força que gerava o convite de um desconhecido no balcão de um bar, e ele pulou a minha vez e fez seu lance de novo.

— Se eu não falar mais de vinhos, você fica, nem que seja por um momento?

Bebemos mais vinho, lá fora nevava forte. Os flocos caíam obliquamente contra os postes de luz. Estávamos reclusos no terminal e eu tinha a sensação de estar dentro de uma daquelas bolas de vidro de sacudir. Sempre tinha desejado uma e nunca consegui. Não é o tipo de coisa que você se atreve a pedir quando alguém te pergunta se precisa de algo. Falei para o Quim que tudo começava a girar, como se alguém chacoalhasse a bola freneticamente.

— Preciso ir no banheiro. Você é de confiança? Posso deixar as minhas coisas ou vai roubar e fugir? — perguntei, animada, depois de um momento.

— Vai tranquila. Espero aqui. Vai lá — me olhou com uma expressão calculista. Me estudava, já decidia se lhe agradava meu corpo magro, a minha cara tão cansada de tudo aquilo que ele desconhecia e aquela absurdez banal adquirida com a facilidade do vinho.

— Keep your belongings safe when you fly — falei brincando e cambaleando.

Ele riu, sereno. Eu estava bem bêbada. Minha formalidade se esfumou com três taças de vinho, e me deixava levar por uma mistura de exaltação e embriaguez.

Lavei o rosto no banheiro. Me sentia agradavelmente mareada, exultante, mas não me atrevia a me encarar no espelho. Não queria me encontrar, nem ver o rastro escuro embaixo dos olhos, não queria saber nada de mim nem daquela sombra que parecia me conceder uma trégua.

As caixas já não deviam estar na entrada de casa e talvez a Carla tenha pedido alguma peça de roupa ao Nacho, um cachecol, qualquer coisa que ainda guardasse partículas do meu homem, não do seu, e a proposta daquele jogo que nunca tinha jogado me pareceu uma vingança excelente. Penteei o cabelo e retoquei a maquiagem, evitando a sombra do espelho. O vinho se encarregava de dirigir os movimentos das minhas extremidades. Uma mulher mais velha, com o cansaço de horas estampado na cara e um par de sapatilhas felpudas de repouso nos pés, saiu de uma das cabines e me olhou de cara feia enquanto lavava as mãos na pia ao lado, ou talvez apenas achei isso e era eu quem me castigava antes da hora. Foi embora resmungando alguma coisa em um idioma que eu não soube reconhecer, arrastando aqueles pés de grande ursa.

Quando voltei para o bar, o Quim ainda estava lá.

— Tome, para você. Uma lembrança — me entregou um pacote pequeno dentro de uma sacola plástica do aeroporto.

A timidez que me acompanha sempre ante surpresas agradáveis aflorou em mim, reduzindo um pouco o efeito do álcool.

— Mas por quê?

— Não diga nada, abra.

Não ousava olhá-lo enquanto tirava uma pequena caixa da sacola com cuidado. Dentro havia uma bola de cristal com um boneco de neve. No pé que apoiava a bola, estava escrito "Amsterdã" em um adesivo torto. Foi feito de uma maneira um pouco tosca, com materiais baratos e pintura brilhante demais, o boneco de neve tinha um sorriso decadente e entristecido que invertia perigosamente meu estado de ânimo e a neve falsa não caía com a cadência lenta e elegante das bolas de cristal que eu sempre tinha almejado. Era uma versão grosseira do meu desejo. Mas tive que olhar nos seus olhos, agradecida.

— Touchée — menti.

Agitei a bola um par de vezes e olhamos como caía a neve.

— Uma última taça e te deixo em paz, ok? — implorei. De repente, eu o quis de uma maneira simples e banal.

Me contou que era marceneiro, mas do que mais gostava no mundo era cozinhar. Respondi que era neonatóloga e do que mais gostava no mundo era ser neonatóloga.

— Nunca tomei uma taça de vinho com uma especialista em miniaturas.

— E eu nunca quis ficar com alguém que faz mesas e cadeiras.

Me olhou com os olhos arregalados, retirando ligeiramente o corpo para trás, agradavelmente surpreendido. Eu tinha feito o seu trabalho.

Eu não conseguia acreditar que tivesse verbalizado aquele pensamento diante de um desconhecido. Fiquei alegre por mim, e uma pressão no peito, que eu não estava consciente de carregar dentro de mim, ficou mais leve. Corei, com certeza, e olhei para as pontas dos meus sapatos para disfarçar. Ele levantou meu rosto, segurando meu queixo.

— Vamos?

A fila de táxis era impraticável. De súbito, com um salto temporal evanescente provocado pelo álcool, já estávamos dentro de uma van, compartilhando assento com duas mulheres italianas que casaram naquela manhã e estavam em Amsterdã em lua de mel. Circulávamos muito devagar, porque o trânsito estava um caos. Havia neve suja nas margens da estrada, e a luz azul da sirene de um carro da polícia, estacionado a poucos metros, afundava tudo o que pertencia ao exterior do veículo em um estado profético e o transformava em uma cena irreal. Uma das italianas insistia que eu me parecia com a Laura Antonelli. O Quim pesquisou pela atriz no Google e confirmou com a cabeça, olhou de novo para mim e sorriu, afável. Uma covinha aqui, uma covinha lá, ele pausado, eu tremendo de frio e de nervos, o Mauro morto, a Carla sozinha e as caixas fora de casa.

As italianas nos deixaram na frente de um hotel ao lado do aeroporto, o Quim deu dinheiro para elas, tudo era estranho, como a lembrança fragmentada de um sonho. Ao nos despedirmos das duas, nos abraçamos como se nos conhecêssemos a vida toda. A van se afastou, traçando um rastro de felicidade ilusória, enquanto a neve continuava caindo sobre nossas cabeças, cobrindo tudo, o aeroporto, Amsterdã, Holanda, o norte da Europa e aquele universo meu que apenas começava.

Foi o Quim quem falou na recepção. Pediu meu cartão de embarque.

— A companhia aérea está responsável pelas despesas — falou com alegria.

Quando dei o cartão, me tocou de leve na ponta dos dedos.

— Você está com as mãos geladas, Paula. Me dá uns segundos e solucionamos isso. — Ele piscou para mim e sorriu, malicioso. Seus lábios brilhavam vermelhos e eu já não o queria.

Coloquei uma mecha de cabelo para trás da orelha e voltei a pôr as luvas, sem saber o que fazer com as mãos nem com aquele jogo que tinha envelhecido rápido. De repente, me veio à mente meu pai, os conselhos que me dava quando eu comecei a sair até tarde ou passei as primeiras noites fora de casa. No dia seguinte, tomávamos o café da manhã juntos e ele passava manteiga no pão muito devagar, com uma parcimônia que me dava nos nervos. Sem me perguntar como tinha sido a noite, me falava, em um tom enciclopédico, das relações, das consequências que podiam ter na minha idade, mas nunca me recriminava por nada, me incentivava a formular todas as dúvidas que pudesse ter e me lembrava, com frequência e persistentemente, que me fizesse ser respeitada. Nunca lhe perguntei nada. Não conheci minha mãe o bastante, mas intuía que, sem ela, havia desaparecido qualquer possibilidade de cumplicidade feminina que aquelas conversas falidas com meu pai requisitavam. Existiam as bibliotecas e as colegas do colégio muito mais descaradas do que eu, e com isso tive o bastante, com isso e com a segurança de adentrar no mundo adulto com a mesma solidão com a qual tinha caminhado até então.

Me desconcertava ter meu pai presente daquela maneira tão precisa naquelas circunstâncias, no meio de uma aventura espontânea. Era um pensamento infantil fora de lugar, o que só fazia aumentar o bizarro da situação e multiplicar a culpa que me martelava com uma batida recorrente: faz pouco mais de um mês que ele morreu, Paula. E quando pensava em um mês, via um calendário dividido nas quatro semanas, as fases da lua e os feriados marcados em vermelho. Eu sentia uma ânsia por sair correndo e uma angústia de coisa malfeita.

Observei como a moça da recepção entregava o cartão do quarto para o Quim, que parecia relaxado e, sobretudo, contente. Ela levantou a vista do balcão, só por um momento, um olhar acidental, mas reparou em mim. Eu tinha a sensação de que não só todo mundo me olhava, mas que conheciam todos os detalhes do que ia fazer.

Fui respirar fundo, fingindo me aproximar da porta giratória da entrada do hotel, e tentei me persuadir que aquilo que estava prestes a acontecer me agradava. Lá, plantada na recepção, ainda coberta por gélidos flocos de neve que, aos poucos, iam molhando a lã das luvas até tocar minha pele, o efeito do vinho já era quase imperceptível, e começava a duvidar da minha galhardia de apenas umas horas atrás, enquanto o Quim me avisava com a cabeça que já podíamos entrar.

Subimos imersos no silêncio estéril do elevador. Pegou na minha mão. Uma mão nova, grande e áspera. Da madeira, pensei. Eu estava no elevador de um hotel, de mãos dadas com um marceneiro de quem apenas sabia o nome.

Entramos no quarto enquanto o carpete engolia nossos passos um tanto tímidos. Estávamos lá, em um quarto padrão, com os sons e os cheiros padrões de todos os quartos de hotel padrões e, ao mesmo tempo, o mero fato de estarmos nesse lugar o transformava em um cômodo insólito que me lembrava o que eu ia fazer lá.

O Quim olhou pela janela, abrindo um pouco as cortinas.

— Você não tem a sensação de que neva cada vez mais? Maneiro, né?

— Amanhã preciso estar em Barcelona não mais tarde que às dez horas.

Deixei a bola de cristal na mesinha de cabeceira e, antes que o olhar do boneco de neve voltasse a me desafiar, ou que uma expressão como *maneiro* me fizesse recuar, me aproximei do Quim e mordi seu lábio inferior. Me afastou com tato e colocou o dedo indicador nos meus lábios para percorrer todo o seu contorno.

— Não faço apenas mesas e cadeiras.

— O quê? — perguntei, desconcertada.

— Colaboro para um arquiteto que faz casas sustentáveis. Eu faço as estruturas de madeira.

Assenti vagamente e supliquei com o olhar que se calasse ou que começasse.

Tiramos nossa roupa com pressa, respirando descompassadamente, a sua com vontade de mim, a minha com raiva do Mauro e das duas caixas, irritada com a morte e com o maldito voo cancelado. Procurava não olhar muito o corpo desconhecido, que eu inevitavelmente comparava à medida que se mostrava, e era odioso me anunciar que tinha achado um homem muito mais forte e mais robusto, que parecia totalmente acostumado a se mostrar nu, a brilhar melhor. Percorria umas formas trabalhadas com esforço na academia e me surpreendia comigo mesma gostando de uma coisa que sempre tinha considerado superficial e secundária. Ele me abandonava e depois, além disso, morria. Veja só se eu não merecia lamber uma pele mais bronzeada, brincar com uma língua mais devassa e descobrir um membro mais proeminente. E quanto mais pensava que só fazia quatro semanas daquilo tudo, tão terrível, e o calendário se cravava na minha pele, mais eu estremecia, mais ardia, sem nem poder apenas parar para decifrar aquela tatuagem no bíceps direito, ou avaliar se gostava ou não daquele peito depilado. Notei a visível ereção do Quim e foi então que me dei permissão para me deixar levar. Era um prêmio, um corpo vivo, e pensava que eu o merecia até com aquela raiva com a qual me entregava.

O sexo entre bonobos é desenfreado. Geralmente dura uns dez segundos. O sexo permite aos bonobos se colocarem no lugar do outro. O sexo dos bonobos não é impulsionado pelo orgasmo ou pela busca de libertação, tampouco tem a ver com a reprodução às vezes. O sexo para um bonobo é casual, fácil, como qualquer outra interação social. O sexo substitui a agressividade, promove a troca e serve para reduzir a tensão ou para se reconciliar.

— **NO QUE VOCÊ PENSA,** Paula que não tem cara de Paula?
Jazíamos sob o edredom nórdico, despenteados e com o olhar perdido, e ele me tocou a bochecha com o dedo.
— Nada.
Dentro, podia-se respirar o ar viciado do quarto, fora, porém, continuava nevando.

A comicidade habita até o tenebroso mundo funerário. Do contrário, como você enfrenta um catálogo de urnas com a opção de uma urna biodegradável para os amantes de cesta orgânica?

Antes da urna, tivemos que escolher entre cinzas normais ou com textura de neve. Fui lá com a sua irmã. Você já sabe que eu quase nunca a suportei. É uma versão refinada da sua santa mãe. Mas ela pediu e eu fui acompanhá-la. Não fiz isso porque ela precisasse de mim, com aquele seu pragmatismo estampado no rosto, mas sim porque ainda te amo. Nos perguntaram qual textura de cinza preferíamos e eu não consegui fazer nada além de sorrir. Foi um ato reflexo, um erro do sistema nervoso. Na verdade, eu era toda angústia, ainda sou quando penso nisso, mas as risadas escapavam de mim. Sua irmã me olhou desconcertada. Perguntei a diferença entre as duas opções e, muito antes que o homem vestido de formalidade cinza pudesse nos responder, agitei a mão em sinal de encerrar a questão. Normais, concluí.

Dias mais tarde, depois de sentir o cheiro penetrante que tem a cinza humana, a sua cinza, fiquei alegre por não ter escolhido o formato neve. Assim a neve sempre será o gosto da água pura e gelada dentro da boca, lembra? Numa Semana Santa, você me deu um beijo com a boca cheia de neve perto da cascata do Saut deth Pish e depois de dois dias você pegou amigdalite. Eu fiquei muito irritada e não me lembro do motivo. Tínhamos que ir para algum lugar e não pudemos porque você estava na cama com febre. Às vezes, era injusta contigo, de uma maneira intencional e cruel. Não sei por quê, acho que a concessão alongada dos anos de convivência acaba endemoniando todos um pouco.

Textura de neve. Por que teimam em embelezar uma coisa tão feia como a morte?

6

Em menor escala, o solavanco começou com uma sucessão de fatos que repassei mentalmente tantas vezes que já os leio como quem estuda as minúcias de um informe policial. O informe policial precisa de uma sequência, sem saltos que criem lacunas. As lacunas são o pior que você pode encontrar. As lacunas tomam meu sono nas madrugadas e o seguram embaixo da água turva do fundo.

Para o informe, também é importante a imparcialidade: mulher branca, quarenta e dois anos, residente em Barcelona, sem antecedentes criminais, descasca uma laranja no silêncio da cozinha impoluta, cuidando para que a espiral que vai se formando não se rompa. Seu pai também sempre faz assim. Quando era pequena, dizia para ela que, se a espiral se rompesse, não se casaria nunca, e ela por dentro pensava que, se não se rompesse, sua mãe voltaria. Com o olhar perdido, agora que é adulta e sabe que uma laranja, quando muito, vai lhe trazer vitamina C, move os gomos do cítrico de um lado para o outro da boca e pensa se, a partir de agora, valerá a pena ter uma lava-louças tão grande. Pensa se, de fato, valerá a pena ter lava-louças. Pensa também se as dimensões da cozinha se adequam ao espaço que ocupará agora a sua fome. Pensa e não sabe que, enquanto isso, o homem com quem almoçou horas atrás e que acabou de lhe anunciar que sente muito, mas que devemos agir com a cabeça, Paula, que isso nosso já faz tempo que não funciona, que há uma outra pessoa e que é melhor que vá embora de casa, esse homem para quem olhou com uma surpresa febril, está se acabando em um centro hospitalar.

Toca o telefone.

A jaqueta está pendurada no hall de entrada.

Estamos em fevereiro.

O frio e a umidade de Barcelona amarelam seus dedos.

Hora do rush da tarde.

Táxi. O amarelo outra vez, o preto a partir de agora.

Duas balas disparadas com pouco tempo de diferença: a morte e a mentira. Sinto que ainda as levo dentro de mim, com uma dor que transforma o Mauro em santo ou em traidor, conforme o impacto de uma ou de outra for mais forte.

O telefone tocava dentro da minha bolsa e presumi que fosse ele. Fazia apenas um par de horas que tínhamos nos despedido de qualquer jeito. Deixei tocar enquanto comia a laranja com inquietação. O sumo escorria pelo meu pulso. Quando estávamos no restaurante à beira-mar e já tinha me falado aquilo tudo, fiquei com a boca seca de desgosto, áspera como a minha surpresa. Viver em uma cidade com mar embeleza dramaticamente as tragédias que acontecem nela, mas, quando ele falou sobre o que de cara me pareceu um tópico atrás de outro, o mar não fez nada, nem se alterou. As ondas seguiram se aproximando da beira como uma saia de verão branca e ondulada sobre umas pernas bronzeadas. A beleza impassível e estéril, incapaz de se apagar ao meu lado. O ácido da laranja me ajudava a recuperar a vitalidade e ordenar os pensamentos. O telefone tocava e eu pensava que falaria para ele que não era preciso que insistisse, que já era tarde demais, e era tão estridente o toque do celular que às vezes me convenço de que, no fundo, já sabia que atenderia e que alguém do outro lado me diria que o Mauro estava morto. Como se fosse eu que tivesse maquinado o final. Como se todo aquele ódio e aquela raiva impregnados na minha saliva fossem o que matou ele.

Virei os olhos, farta de ouvir o celular, e bufei enquanto vasculhava a bolsa, tentando encontrá-lo. Minha surpresa foi ver o nome do Nacho na tela e deixei escapar um xingamento, certa como estava de que o Mauro tinha ligado para o seu melhor amigo para que tentasse me convencer de que não me queria mal. Pensei "Somos adultos, seu imbecil, como você se atreve a usar um amigo depois disso?". E, finalmente, feito uma fera, atendi. Não me lembro da minha vida com o Mauro sem o Nacho no meio. Ele fazia parte do dia a dia com aquele caráter extrovertido e aquela ironia que sempre emana. Ele e eu mantínhamos uma relação cordial, quase íntima, gostava dele como amigo do meu companheiro, de alguma maneira fazia parte da decoração de casa, da vida do Mauro. Eram sócios de uma pequena editora que enfim funcionava, mas a amizade vinha de muito longe, da época em que eram dois meninos que não conseguiam imaginar que um dia seriam homens. A mulher dele e eu tínhamos sido levadas a nos relacionar, porque com frequência saíamos os quatro para jantar e nos encontrávamos em muitos fins de semana. Ela me incomodava um pouco. Para mim, é uma barra conhecer gente nova fora do meu meio, e não encontro a conexão autêntica que tenho com os colegas no hospital em quase ninguém mais. Sobrevivemos a grandes derrotas juntos, também somos os melhores celebrando as vitórias, nos transformamos em aliados que compartilham um idioma único.

Nunca soube como tratar a mulher do Nacho, nem o que dizer para ela. A Montse queria ser mãe com uma pressa que me incomodava. Me explicava sua gravidez de cabo a rabo, e eu achava que não éramos próximas assim. Não a considerava amiga o bastante para estar por dentro de quais eram seus dias férteis. O Mauro teria gostado que nos entendêssemos melhor, nós duas, mas sempre pensei que as amizades forçadas são uma grande hipocrisia, então nunca fiz o menor esforço. Eu gostava do Nacho e não via por que tinha que incluir sua mulher no mesmo saco. Tempos depois, eles tiveram gêmeos, e assim, pouco a pouco, os encontros foram rareando, e nós quatro já não nos víamos tanto. Gostava mais dele sem gêmeos e sem uma mulher que me explicava maravilhada sua amamentação como um acontecimento único, esquecendo que eu passava dias e noites dentro de uma unidade de neonatologia. Preferia o Nacho sem aquela atitude siamesa dos casais. Queria ele como indivíduo, rondando a casa, animando nossa rotina e acabando com a existência das cervejas que eu mesma lhe comprava. Se conseguisse uma artesanal, ele me dava a maior moral na frente do Mauro e falava, debochado, que eu valia um império e que ele não me merecia, e então eu procurava cervejas de trigo, pretas, outras mais finas, belgas, com alto teor alcoólico, escocesas, procurava lá e cá e, por fim, comprava, mostrando o malte e o lúpulo como quem exibe uma joia. Gostava de pensar que o Mauro se sentiria orgulhoso de mim se cuidasse do seu amigo.

— Paula? Enfim!

— Não quero saber de nada, Nacho, de verdade. Já pode dizer para ele que não te obrigue a se fazer de besta dessa maneira... Não quero saber de mais nada.

— Paula, o Mauro sofreu um acidente. Um carro... a bicicleta. Você tem que vir pro Hospital Clínico agora mesmo.

Pegue um táxi. Ele vai entrar na sala de cirurgia em dez minutos. Te espero no hall de entrada da Rua Villaroel.

— Como assim, se ele já me disse tudo, almoçamos faz um tempo — falei enquanto seguia um discurso aprendido rápido, despreocupada e sem ter entendido nenhuma das suas palavras.

— Paula, o Mauro sofreu um acidente. Vem logo!

Ele desligou primeiro. Eu desliguei depois, alarmada, indignada com o Nacho por ter gritado comigo e me dado toda aquela informação de repente. Quando explico aos pais dos prematuros que a coisa não vai bem, dou a informação a conta-gotas. Não se pode vomitar uma notícia ruim. No fundo, a mensagem será a mesma, mas é preciso graduar a informação para que possa ser assimilada. Pensei que depois o repreenderia, que não fizesse isso de novo nunca mais.

Na pressa, saí de casa sem a jaqueta e, uma vez na rua, quando o frio de fevereiro me deu um tapa na cara, dei meia-volta e subi as escadas enquanto um baile improvisado de palavras desconexas se passava dentro de mim: *acidente, táxi, Mauro, bicicleta, sala de cirurgia, vem, logo.* Peguei ela do cabide na entrada e fechei a porta num pau só. Não quis esperar o elevador e desci os três andares pelas escadas, com a batida dos meus saltos marcando uma marcha de compasso binário própria de um desfile militar.

Havia começado a guerra contra o tempo. Calculei uma infinidade de vezes quantos minutos perdi esquecendo a jaqueta. Na primeira semana da sua morte, repeti a cena com o cronômetro do celular na mão várias vezes e sempre dava dois minutos e sete segundos, e os décimos variando conforme me custasse mais ou menos para colocar as chaves na fechadura. Meu pai, espantado, me dizia que já bastava de repetir aquilo, mas cronometrar me ajudava. Diferente de qualquer outra coisa, cronometrar tinha uma finalidade, uma justificativa e um objetivo, respondia a uma metodologia, a um plano de trabalho com o qual podia me sentir culpável, cronometrar me mantinha unida ao momento antes do cataclismo. Queria aquele momento. Queria voltar para ele. Queria ficar. Lá, de frente para o mar, ainda que fosse como ex-companheira. Pelo menos, seria a ex-companheira de um homem vivo. Não imaginava nenhuma outra maneira de fazer o tempo voltar atrás.

O informe policial tem que ser completo, ter um corpo principal. Era quarta-feira e as crianças saíam da escola com uns gritos de alegria que me arrepiaram. As crianças saíam da escola e os pais, longe do meu sofrimento, iam buscá-las nos diferentes centros espalhados por toda a cidade, estacionando carros grandes demais em fila dupla, sobre a calçada, com o pisca-alerta ligado, fazendo resmungar o taxista que xingava a torto e a direito, complicando um trânsito já conflitivo por si mesmo. As crianças saíam da escola impregnadas com o aroma de mortadela, água de colônia e mexerica, no mesmo momento que um sol entre nuvens começava a se pôr sobre Barcelona, no mesmo momento que o Mauro delineava os últimos retoques do retrato da sua vida: pressão intracraniana elevada demais pelo traumatismo, coma, parada cardíaca. Não foi preciso fazer a transferência para a sala de cirurgia.

NÓS, HUMANOS, pontuamos desde que nascemos até morrermos. Pontuamos os conhecimentos que adquirimos, a cor dos olhos que admiramos, as bundas que acariciamos, os domicílios que habitamos e os países para onde viajamos. Precisamos pontuar. Morrer depois de um tempo do acidente, na avaliação inicial de um paciente politraumatizado, é chamado de "segundo pico" e representa trinta por cento das mortes. Naquela manhã, eu tinha pontuado um recém-nascido com oito no teste de Apgar, um menino sadio, redondo, com a cabeça cheia de cabelo e, na mesma tarde, em um outro hospital, um médico com um bigode cheio que escondia uma boca com uma expressão cômica, que me pareceu não estar apta para acolher mortes anunciadas, pontuava a entrada do Mauro com um cinco na região de cabeça e pescoço, abdômen, coluna lombar e conteúdo pélvico. Um cinco, no seu sistema de pontuação, corresponde a situação crítica, sobrevivência incerta.

Quando eu cheguei, a certeza era absoluta: estava morto.

— Tudo foi muito rápido — nos informou o doutor. O Nacho pegou a minha mão e, sem medir a força, apertou muito forte. E como se fosse o refrão de uma música que soubéssemos de cor, esperamos pela segunda parte da famosa estrofe: — Fizemos tudo o que podíamos. Sinto muito.

TINHAM SE DESPEDIDO na frente da editora. Enquanto eu escutava o relato, atentando se ainda estava nas minhas mãos mudar algum ponto da história, o Nacho agitava a perna direita sem parar e fazia mexer toda a fila de cadeiras da sala de espera onde estávamos sentados. O Nacho se virou para entrar no local, enquanto o Mauro colocava seu capacete. Tocou a buzina da bicicleta para se despedir do seu amigo e sócio, que agora continuava falando comigo com os olhos arregalados e bebendo goles de um pequeno copo de plástico que alguém nos deu em algum momento. As bocas secas são um passo prévio a um medo úmido que enche o diafragma com uma poça de aflição.

O Nacho se virou de novo para cumprimentá-lo com a mão. Diz que sorriu. Uns segundos mais tarde, quando ainda não havia fechado a porta, escutou o estrondo. O carro apareceu pela esquerda. Havia passado no sinal vermelho. O Nacho selecionou algumas frases para me explicar o que aconteceu e são as que eu aceitei e assumi como o final. Gravei todas elas dentro de mim com uma ordem narrativa e rítmica precisa, mas as lacunas existem e são perversas. Às vezes, quando não posso dormir, recrio a cena uma vez mais para preenchê-las. Meu lado científico necessita saber de tudo, como se fosse um estudo exploratório, preciso me fixar nas circunstâncias inofensivas que o rodeavam quando o acidente aconteceu, saber se havia mais pessoas ao redor, o que faziam e o que fizeram, sobretudo quando a bicicleta já estava no chão, saber se ele tinha falado para o Nacho que eu já sabia, se falaram de quando tinha intenção de ir embora, se lhe contou que eu não quis abraçá-lo na frente do mar quando ele tentou me acalmar, imaginar quais barulhos havia na rua nesse momento, porque eu retenho apenas a buzina e o estrondo. O Nacho não falou de nenhum outro barulho. Sorriso, acústica fatídica e, por fim, o espanto cravado nos olhos atrás da frágil proteção das lentes dos seus óculos.

Na sala de espera, que já havia se transformado em uma sala de velório, eu não tirava os olhos de uma mancha diminuta na camisa do Nacho, uma mancha que era como uma porta que se abria ao horror, um pontinho vermelho-escuro, o vermelho inconfundível do sangue desoxigenado. A porta se abriu completamente. Os pais e a irmã do Mauro chegaram e, sem pensar, nos abraçamos. Estávamos com as cabeças juntas, formávamos um círculo, nos estreitando com os braços. Corpos que soluçavam, pernas que desfaleciam e eu, absorta, sustentava todos eles com a minha distância e incredulidade, pendendo mais a reconhecer o perfume enjoativo daquela que, de alguma maneira, tinha sido a minha sogra, e a entender que choravam a morte de um filho, de um irmão. Os vínculos familiares adquiriram, naquele momento, uma importância basal. Mãe, pai, irmã. A árvore genealógica se mostrava para mim com toda a sua trama. Os familiares de Mauro Sanz? E o Nacho e eu, sozinhos na sala ainda, nos levantamos naquele instante, coordenados por uma coreografia medrosa. Mas agora chegaram os galhos da árvore nascidos de um mesmo tronco, que estalam com uma dor que não podia ser como a minha. A dor de um pai é diferente daquela de uma mãe, e a de uma mãe, daquela de uma irmã e, óbvio, a dor de uma mulher é diferente daquela de uma mulher a quem acabam de largar.

Alguma coisa me afastava da realidade, havia tanta dureza que eu era incapaz de chorar, incapaz de deixar sair aqueles guinchos agudos que a mãe do Mauro emitia como um animalzinho ferido, ou o choro desconsolado e grave do seu pai. O seu pai, aquele professor universitário distante, doutor em Geografia e Planificação Territorial, com quem era impossível trocar mais que quatro palavras, agora chorava sem filtros. Não podia suportá-lo por muito mais tempo, era impossível fugir daqueles dedos desesperados que se fincavam nos meus ombros como garras e que, de alguma maneira, me obrigavam a formar parte de uma família. Me acolhiam na sua perda e me outorgavam um protagonismo que, nos meses seguintes, teria um peso que eu ainda não podia calcular. São essas decisões que não podemos tomar sozinhas, as que nos fazem questionar quem somos e em quem nos transformamos.

A MULHER BRANCA, de quarenta e dois anos, residente em Barcelona e sem antecedentes criminais, não chora, não fala, não pensa com clareza e vê uma jovem que entra na sala. Nesse ponto, somente repara que a jovem é alta e magra e que caminha com a elegância de uma bailarina. A partir de então, chamará ela de "bailarina". Quando ainda está a uma distância prudente de todos nós, ela gira a cabeça em todas as direções, como se a chamassem de diferentes ângulos. Então a mulher branca que não chora, nem fala, nem pensa com clareza repara em como contrasta a beleza da bailarina com a derrota gélida que levamos escrita na cara todos nós que estamos presos na sala, e, acima de tudo, a bailarina esguicha em nós uma juventude de escândalo. Está cheia de luz. Cabelos negros compridos e finos, vivos, sem sinais de tintura nem de cores falsas. As feições nos seus lugares. A pele, invejável. Não há nada enrugado ou que penda, nenhuma marca do tempo; limpa, emana uma aura encantadora. A bailarina olha para cá e para lá, tapando a boca com uma mão trêmula, como se procurasse por alguém. Com a outra, se agarra forte à alça de uma bolsa de pele pendurada no ombro. A bailarina começa a se encaixar na atmosfera de nervos e desespero que corresponde à sala de espera. E então o Nacho a chama:

— Carla!

O Nacho se levantou e se aproximou dela. Colocou as duas mãos sobre seus ombros e falou alguma coisa. A única coisa que podia falar. Ela se dobrou, como se fosse de borracha, se ajoelhou e deixou cair a bolsa no chão. O Nacho a ergueu e a acompanhou até a fila de cadeiras. Ficamos sentadas uma do lado da outra. Havia empalidecido e os lábios ficaram praticamente brancos. Repetia com uma voz mais madura que a imagem que projetava: "Não pode ser, você está mentindo pra mim. Diga que não morreu. É mentira, você mente". Parecia muito indefesa. Alguma coisa me levou a passar o braço pelos seus ombros e lhe oferecer água. Não era eu quem agia, mas uma camada que levo sobre mim como consequência da minha profissão.

— Paula, ela é a Carla — falou o Nacho, abatido. Eu o encarei com a intenção de fazer ele saber que tinha falhado como amigo comigo e, depois disso, ele evitou me olhar.

Carla. A força de um nome. Carla é um lugar, um fato, um perfume suspeito, um relato, uma lembrança amarga, umas risadas roucas, uma suspeita que talvez sempre estivesse em casa. Carla é um mundo escondido.

Ela levantou a cabeça rapidamente e cortou de vez aquele cântico sobre a verdade e a mentira. Ficava claro, pela imediatez da reação, que o meu nome lhe dizia alguma coisa, me situava como alguém conhecido. Me mediu chorosa com os olhos cor de avelã e engoliu a saliva. Ela ainda tinha. Procurei não me separar do meu papel de profissional médica que me protegia como uma couraça e, com o tom empático e compassivo com o qual aprendi a falar com os pais sacudidos pela dor, selecionando com cuidado as primeiras palavras que vão quebrar o silêncio hostil de quando se espera o pior, perguntei se queria ligar para alguém. Necessitava deixar bem claro que o Mauro sempre teve uma mulher forte ao seu lado, alguém capaz de controlar uma situação como aquela e não se alterar pela sua presença. Era com ele que tinha que gritar e cuspir, mas já não se podia recriminar um morto: "Vê como eu não estava louca? Vê como acontecia, sim, alguma coisa conosco?". Que podia haver uma outra pessoa é algo que passou pela minha cabeça muitas vezes, mas achava que cutucá-lo com um tópico tão batido me ridicularizava até me transformar em alguém pequena e vulnerável.

E voltou com aquilo de que não podia ser verdade, tapava a cara com as mãos e não parava quieta, parecia que eu não interessava mais, que já não fazia sentido saber nada de mim. Me senti ridícula.

De súbito, reparei na magnitude do que acabava de se passar. O Mauro não estaria mais.

Esperei no hall do hospital durante um intervalo de tempo inexistente, umas horas vaporosas, entre o sono e a vigília, cumprimentando familiares que chegavam alarmados e a quem eu repetia o mesmo relato, as mesmas palavras que impactariam como estilhaços contra a minha carne ainda dias depois, em espaços que asfixiavam, um velório, uma igreja, um funeral.

A bicicleta.
O sinal.
Quarenta e três anos.
Não pode ser. Ainda não acredito, Paula.
Uma desgraça.
Quanto tempo sem te ver, Paula.
Meus sentimentos, Paula.
Puxa, Paula, sinto muito.
Escuta, você tem que se cuidar, viu?
Alguns choravam enquanto me davam os pêsames. Davam para mim. Onde estava a bailarina?

O informe policial deve ser facilmente compreensível. Continua com a aparição da irmã do Mauro no hall, um lenço de papel amassado na mão, olhos apequenados e inchados, nariz vermelho, expressão neurastênica. Durante uns dias, todos teremos esse aspecto, e até eu sentirei falta de potência muscular. A mulher branca, de quarenta e dois anos, residente em Barcelona e sem antecedentes criminais, a quer bem longe, mas seu pai a educou para segurar certas emoções e calar palavras libertadoras; ele tinha um piano para se desafogar, ela não, assim aguenta como só ela sabe fazer.

— Amanhã, Paula, quando tiver me recuperado um pouco, ligarei pra você, se você puder.

— ...

— Se você souber de alguma coisa, caso ele tenha te falado alguma vez se queria que enterrassem ou cremassem. Ele nunca falou disso com a gente, dessas coisas.

A mulher branca fica desolada pelo tempo verbal usado pela irmã. De uma maneira insubstancial, o Mauro passa a ser parte do passado.

— Não é cedo demais? — pergunta a mulher branca com um fio de voz.

— O que você quer dizer?

Mas não sabe o que responder. Cedo demais para considerá-lo morto, cedo demais para ter que pensar no funeral. Cedo demais para ter que acreditar.

A PARTIR DAQUELA NOITE o apartamento se enche de uma sombra, de uma coisa pesada que entra comigo em casa, gruda nos móveis, nas paredes, no tecido do sofá. Impregna as maçanetas das portas, o vaso de cerâmica da entrada, a roupa, os lençóis, a escova de dentes. Aferra-se aos meus gestos, à minha cara no espelho, à cafeteira, à voz remota do apresentador do jornal, ao telefone que não para de tocar. Durante um par de dias, a irmã do Mauro é uma crosta sobre uma pele queimada. Faz crescer a coisa pesada e lhe dá uma forma monstruosa, enchendo o apartamento de palavras como *obituário, velório, urna, coroa, caixão, flores*. As flores. As plantas. As flores. O Mauro. Meu olhar se perdia para fora, em direção à sacada, mas ela tornava a me empurrar para os catálogos e os papéis fúnebres, que insistiam em embelezar o fracasso da vida para poder voltar a olhá-la na cara, e talvez algum dia fazer as pazes com ela.

— De verdade, Paula. Não se lembra de ter falado com ele sobre o tipo de sepultura que preferia?

Dei de ombros e mordi a parte interna das minhas bochechas. Queria ela fora da minha casa, queria enchê-la de socos. Achava a palavra *sepultura* arcaica e fora de lugar. Me inquietava que, em um momento de confusão e altamente doloroso, aquela mulher pudesse ter clareza mental o bastante para ser capaz de selecionar uma palavra como *sepultura*. Tínhamos falado de carros, de viagens, discutido sobre os filhos que não teríamos, de como ele seria careca, ou eu, de cabelo branco, eu tinha gritado com ele sobre não haver pior armadilha entre duas pessoas que uma hipoteca, rimos, jurando um ao outro que não nos aposentaríamos nunca. Isso foi o mais longe que chegamos na projeção do futuro, mas não, de sepulturas, de qual queríamos para nós, não tínhamos falado nunca.

— Cinzas — exclamei para cortar a conversa. — Tínhamos uma praia preferida. Que sejam cinzas, por favor.

FECHAR O HORROR.
Abreviá-lo com rituais.
Tirar o vocabulário mortuário de cima.
Tirar o peso do morto de cima.
Ficar brava com ele por ter mentido.
Chorá-lo por todo o resto.
Todo o resto agora já insuperável.

ESQUECER A JAQUETA e voltar a subir em casa para pegá-la me roubou dois minutos, sete segundos e alguns décimos imprecisos, também me atrapalharam todas aquelas crianças, que riam aos gritos e impediam que eu passasse enquanto subiam nos carros e suas mães colocavam o cinto de segurança nelas, se despediam, até amanhã. Para elas houve um amanhã.

Teria encontrado ele com vida, gritado seu nome e, como ainda não havia morte cerebral, seu cérebro poderia ter criado uma última imagem de mim, de mim ao seu lado. Devia ter me apressado mais.

Dois minutos, sete segundos e alguns décimos imprecisos. Você esquece uma jaqueta e a tragédia se torna abusiva, gigante, e de repente a desmesura não tem nada a ver com o dramatismo do acidente, nem mesmo com a morte em si. Você esquece uma jaqueta e a desmesura consiste no fato de que você não estava ao lado dele para acompanhá-lo, para acalmá-lo. Não estive ao lado dele para abraçá-lo, tampouco para perdoá-lo.

Desde que você não está, do telefone só espero ofertas para mudar de companhia e desgraças. O som de quando toca ainda me assusta a cada chamada. O *ainda* me veste. Ainda me assusto, ainda acordo para pegar ar, ainda me viro toda vez que cruzo com uma bicicleta. Sem pensar, ainda ponho a mesa para dois nas sextas à noite. Quando faço as palavras cruzadas, ainda procuro sua mão no sofá e te pergunto "Quatro letras, lugar que a chuva cobre no mesmo nível". Ainda suspiro quando não recebo resposta. Ainda releio aquilo de "Fugiria com você se pudesse, Carla". Ainda olho o vídeo em que ela te manda um beijo de um bote inflável prestes a descer por águas bravas vestida de neoprene, com capacete e colete salva-vidas, ri e respinga a tela. Ainda ruborizo quando, no meio das suas conversas, aparece o meu nome como um fardo. E agora, quando desligo o telefone, passado o susto da primeira vez que toca, se o banco liga perguntando por você ou pelo titular da linha, sabe o quê, Mauro? Agora gosto de falar em voz alta que você não está, e desejo muito que insistam mais um pouco, que perguntem a que horas podem te encontrar em casa, para poder responder que você não voltará, que você morreu. Agora gosto desse pequeno impacto e me esfrego contra o consolo quando me falam "Sinto muito, senhora. Desculpe". E desligo e faz-se o vazio. E ainda carrego o seu celular e deixo ele com a bateria carregada e depois espero que acabe toda, como se você fosse de verdade e as coisas triviais te mantivessem com vida.

7

— **Poderíamos transformar** o gelo em água e fazer umas nuvens de laboratório, não é, Paula?

A Martina descasca uma castanha portuguesa com os dedos pequenos e, já faz um tempo, delibera sobre as possibilidades de levar chuva lá onde há seca. É uma réplica em miniatura da sua mãe, pelo jeito como se move e pelos olhos azuis, pela retórica e pela imagem que projeta de tirana de feições liliputianas que tem o mundo aos seus pés, e, igual como na mãe, de repente a doçura e a graça se impõem e conquistam os seus súditos. Suspeito que sou a única que segue seu jogo. Não sei muito bem como tratar a criançada dessa idade, gosto mais delas quando quase não pesam e lutam para abrir caminho. Tendo a pensar que as crianças felizes, crescidas, que falam, caminham e comem sem dificuldade não precisam de mim para nada. Porém, com frequência, quando estou com as meninas da Lídia, sinto que me administram uma dose de inocência e felicidade gratuita e, possivelmente, não há remédio mais simples e eficaz para um adulto preocupado que se deixar levar pelo vaivém infantil.

Sua irmã, que, em pouco mais de um ano, se transformou em um hormônio irritado, escondido por trás de uma franja e um celular, parece que levita, mal sentada sobre umas pernas espigadas. Já faz um tempo que nos ignora enquanto digita como se o mundo acabasse, na outra ponta da mesa, e o pai das crianças, que há um instante alargava as últimas sílabas das palavras enquanto tentava dialogar comigo sobre os candidatos democratas e republicanos das eleições presidenciais dos Estados Unidos, agora dorme no sofá, com a cabeça para trás e a boca aberta, sem rastro de votos e de sondagens, apenas com algumas migalhas de panellet sobre o peito. Tiraria isso dele, mas tenho medo de acordá-lo e, além disso, é divertido vê-lo assim, imperfeito, sem que possa gostar tanto de si mesmo como quando está acordado.

Dissimulo como posso a sonolência pós-almoço e me encanto, como faço sempre que venho a esta casa, com uma fotografia que convive com outras no móvel da tevê. Estamos, a Lídia e eu, no deserto do Atacama e devíamos ter pouco mais de vinte anos. Exibimos a pele e os cabelos queimados pelo sol e a satisfação de quando se começa a vida adulta e se cheira o poder da liberdade. Nós nos conhecemos no primeiro ano de medicina, pouco antes dessa viagem inesquecível. Me chamou a atenção a sua atitude de líder. Depois de uma semana do início das aulas, ela já havia se oferecido como representante, programou uns grupos de estudo para quem pudesse estar interessado e tratava os professores com a confiança de quem passou metade da vida entre as paredes de uma faculdade. Igual a mim, estreava como estudante de medicina, mas os nervos e a timidez que afloravam em mim, entre todos aqueles rostos novos, contrastavam descaradamente com a sua desenvoltura. Era pequena e atlética, com uma estética despreocupada, mas ao mesmo tempo impecável, e me causava inveja aquela sua maneira de se movimentar entre os colegas e aquele ponto de insolência com que fazia raciocínios que colocavam mais de um professor em um imbróglio.

Durante o primeiro semestre, quase não nos dirigimos a palavra, embora fizesse um tempo que eu a observava; era apenas porque eu não achava que alguém tão popular como ela pudesse se aproximar de mim sem mais nem menos. Não começamos a nos falar até o dia em que ela me perguntou se eu podia lhe emprestar as minhas anotações de biologia celular, porque no dia anterior não pôde assistir à aula.

— O que diz aqui? — Apontou para as minhas anotações com cara de não entender nada.

— Sinto muito, o homem fala a uma velocidade que custa alcançar.

— E você tem letra de médica mesmo. Isso poderia estar escrito em sânscrito ou em cirílico — riu, se divertindo toda. Tem os incisivos um pouco separados, coisa que até agora lhe dá um ar atrevido.

Me parecia que ela gastava uma energia diferente da minha, notava-se na maneira poderosa como falava, efusiva e engenhosa nos gestos do rosto, das mãos, parecia tão segura de si mesma. Eu me continha toda, estudava cada palavra antes de falar, como também a tinha estudado desde o primeiro dia. Eu invejava sua roupa, a familiaridade, a naturalidade com que atraía as pessoas e se formavam pequenos círculos de estudantes ao seu redor, invejava sua força e aquilo que fazia com o queixo, aquele ar de invencível.

Nos olhamos por uns segundos, nos reconhecendo pela primeira vez, e eu tive consciência de que daquele encontro nascia alguma coisa perdurável, ela despreocupada e extrovertida, eu sofredora e prudente. Com o tempo, aprenderíamos que juntas nos contagiávamos com as doses necessárias para nos complementar: o que a uma escasseava era ajustado com o que à outra sobrava. A liderança que a caracterizava foi sossegando com os anos e, ainda que fique feio dizer, também sossegou a necessidade de nos encontrarmos com frequência ou de conversar todo dia, como fazíamos antes. A sua opção de vida, com marido e filhas, horários e escolas, custa a se encaixar na minha opção, muito mais contida, mas, desde que o Mauro não está, nós duas voltamos a sentir a necessidade emocional do princípio; ela precisa que eu saiba que está comigo, mais por ela, acredito, do que por mim. Não a questiono, vai com aquele eu superior tão seu com o qual fui lidando esse tempo todo, e já está bom para mim lhe vomitar sem reservas tudo o que sinto, quando ela insiste, e poder explicar, finalmente, que, se não fosse por um sinal vermelho, o Mauro teria saído de casa.

ME ANIMO A CONTAR quanto tempo faz que a conheço. Subtraio e somo com a dificuldade aumentada do moscatel que me deixou com a cabeça turva, enquanto vou fazendo expressões com os olhos para a pequena Martina, para que não pense que não me fascina isso da chuva artificial.

Por dentro, cismo com os anos, volto a fazer a contagem com um ábaco imaginário. Os cálculos aritméticos se formam com as pinceladas soltas que acabam traçando uma vida: a universidade, o seu casamento, a sua residência, a minha, o ano em que o Mauro e eu nos conhecemos. A primeira gravidez da Lídia, a especialização em pediatria das duas, as viagens, os amigos, a vaga no mesmo hospital, o apartamento, a neonatologia, a segunda gravidez, e, quando reparo na efeméride, me levanto da cadeira de supetão.

Encontro a Lídia na cozinha, sozinha, com o barulho da lava-louças de fundo, terminando de recolher tudo. Os cachos do seu cabelo dão cambalhotas enquanto arruma os pratos e guarda tudo em potes. É uma mulher de potes, tem de todas as medidas e cores e os considera patrimônio da alma. Não condiz com a mulher mais popular dos corredores da faculdade, mas aqui está ela, quebrando os padrões, rodeada de recipientes de plástico.

— Lídia, sabe o quê? — Entro na cozinha.

— As meninas estão se xingando ou o Toni ronca no sofá, não é?

— Você sabe quantos anos faz que nos conhecemos?

— Desculpe?

— Pois faz vinte e cinco anos que nos conhecemos!

— Vinte e cinco? Somos tão velhas assim?

Me surpreende que deixe cair o olhar sobre a pia e freie levemente a atividade, que isso faça ela pensar na passagem do tempo e não no motivo de celebração que me fez levantar da cadeira.

— Devíamos celebrar, não acha?

Dou-lhe uma batida de quadril e faço um gesto trivial com as mãos, como se mexesse um chocalho, mas reparo que a alegria não é correspondida.

— Você sabe que dia é hoje, Paula?

— Sei perfeitamente, querida. Nem ouse mencionar o dia de hoje. Vinte e cinco anos, Lídia! Não acha que é um bom motivo pra sair e tomar uns drinques?

Pega um pano de cozinha e seca as mãos, se vira para mim, tira um cacho da cara.

— Paula... Não quero me meter onde não fui chamada, mas acho que simular que hoje é um dia como qualquer outro não te ajuda.

O bom humor se esfuma. As suas palavras se engastam no meu coração como um bafo úmido que emana das paredes do cemitério. Um dia dedicado à memória dos mortos, como se os mortos não fossem lembrados todos os dias. Primeiro dia de novembro. Primeira hora da manhã. Primeira e única mensagem na secretária eletrônica:

"Paula, bom dia, princesa. Hoje vai ser um dia duro para você. Se estiver a fim, eu vou levar flores para a mãe. Pode ser que chova, então vou pegar um táxi até Montjuïc. Pensei que este ano poderíamos ir juntos. Fale alguma coisa e assim me organizo, tá?".

O apito da secretária.

"Você não tem mais mensagens". Nunca tenho mais.

Fiquei um bom tempo sentada no chão, repassando com os dedos uma pequena fenda que há entre duas lâminas do parquê, fingindo que não sabia nada do cúmulo-nimbo cinzento que tentava tragar a normalidade que impus para mim hoje. Ensaiei como falar para meu pai que logo vai fazer nove meses, que cada dia é um dia duro, e que faz trinta e cinco anos que minha mãe não está, isso são uns doze mil setecentos e setenta e cinco duros dias, doze mil setecentos e setenta e cinco dias de olhar uma fotografia em preto e branco sobre a mesinha de cabeceira. Uma quantidade temporal que dá margem suficiente para ter entendido que sua filha não precisa aguardar um dia concreto do ano para se lembrar dos que não estão, e que, como as cinzas do Mauro estão aqui e lá, hoje eu não penso em ir para Montjuïc. Finalmente liguei para ele, mas me limitei a dizer que fizesse como quisesse, que eu não estava muito bem, dor no corpo, um princípio de gripe, e que obrigada por contar comigo. Mentiras piedosas, a falsidade produzida de maneira espontânea e com espírito de proteção, porque a gente apalpa a estranheza e sabe que tem que se proteger sozinha, como sempre, incapaz de explicar para alguém essa estranheza que nenhuma outra pessoa é capaz de perceber, nem a Lídia, nem meu pai. A perturbação que se cria quando dois fatos que antes tinham estado isolados, a morte da mãe — superada e guardada em algum lugar remoto dentro da minha cabeça de menina — e a morte do Mauro — tumultuosa e ainda viva dentro dessa cabeça nova de agora —, de repente se relacionam e se somam e o mundo oscila.

O cúmulo-nimbo é de base larga e escura e se eleva até uma grande altitude. Isso me permite dar uma olhada no cenário por onde parece que deve transcorrer a minha vida a partir de agora e detesto não encontrar restos do que eu era até pouco tempo atrás. Também não faz tanto. Nove meses não é tanto. São suficientes para acabar de dar forma a uma vida intrauterina ou suficientes para se lembrar de um morto.

Dia de Todos os Santos.

Finados.

Minha mãe.

O Mauro.

Os dias encurtam e a natureza entra em um estado de morte aparente. Onde está o mar, o sal, a melancia? Onde estão os risos, a luz?

— Se você quiser, vou contigo.

— Onde?

— Onde você acha, Paula? Ao cemitério, mulher. Deixo as meninas com o Toni e ficamos lá um pouco. Quer levar flores?

— Quer calar a boca?

Pega minha mão antes que eu consiga sair da cozinha e me abraça. Não entro no seu gesto, fico brava. Me afasto.

— Ainda tenho sorte de que não nos conhecíamos aos sete anos, quando morreu minha mãe, Lídia, porque te garanto que não teria te aguentado nem por cinco minutos. Por que gosta de fazer tanto drama?

A sombra se estende, eficaz, e cai sobre a amiga e, mesmo assim, me sinto satisfeita por ter cuspido por fim alguma coisa tangível que me ajude a entender o que está se passando.

O combate é vencido pelo espírito sombrio que me proíbe de pedir desculpas. Ainda não. Faz meses que experimento o gosto enigmático da amargura, que tente ela também, que tem uma vida sem rachaduras, com filhas lindas e saudáveis e com soluções para tudo, com potes e cardápios equilibrados, um marido que dorme no sofá sem remorso na minha frente e uma vontade desmesurada de celebrar rituais cristãos ou celtas, ou seja o que for que tenha para hoje. Uma vida sem mortos. Toma, Lídia, um pouco de dor. Para você, de presente, experimente.

— Eu não faço drama, Paula. Mas é que você age como se nada estivesse acontecendo e receio que de repente você se dê conta e exploda, porque será muito pior então.

Umas manchas rosadas se acendem no seu pescoço e rosto, como faróis cambaleando espantados, mas, mesmo assim, o que pode saber ela da inclinação da dor? Desconhece que as medidas mudam, que as proporções deixam de se medir pela escala humana e se calculam agora com atos concretos: ficar no sofá até a madrugada para evitar ir para a cama. Ouvir músicas novas no rádio a caminho do trabalho e pensar que ele já não vai conhecê-las, dormir abraçada à blusa verde que o Mauro comprou em Reykjavik, usar os últimos grãos de gergelim torrado que compramos juntos no mercado, naquele embrulho que nos fez rir tanto, porque, quando o desfizemos sobre o mármore da cozinha para verter o gergelim num pote, vimos que se tratava de um recorte de jornal da seção de classificados eróticos. Cada ato corresponde a uma magnitude, a uma altura e a um peso, e a soma é a medida do vazio e da dor que sinto quando tento assumir que eu já não fazia parte dos seus planos de futuro.

No fundo, intuo que a Lídia tem razão, que tudo pode ser muito pior e que ainda não sei tudo. Quase preciso de um milagre para desfazer o nó onde a sombra nos apanhou, mas possivelmente a amizade seja isso, o milagre que mitiga tudo, que me desarma, porque é um lugar conhecido, e é urgente, cada vez mais urgente, encontrar indícios de normalidade.

— Não queria dizer o que te disse. Quem dera ter te conhecido aos sete anos, sabe? Irei amanhã, ou em qualquer outro dia. Ou talvez não vá, Lídia. É que não gosto dos cemitérios. Quem gosta de ir no cemitério? O que se faz no cemitério? — digo com resignação.

— Mas eu dizia justamente por isso. Pelo menos hoje tem gente, e flores e cores. Te dou uma carona. É bom lembrar dele hoje.

— Não gosto de lembrar dele lá. — Peço-lhe com os olhos que me confirme que a minha mãe e o Mauro estão em qualquer outro lugar, onde não haja placas gravadas com o seu nome ao lado de um número de nicho, longe de materiais resistentes o bastante para aguentar a intempérie do além.

As cinzas divididas em gramas, vertidas em duas sacolas de plástico. A minha sacola dentro de uma urna biodegradável para fazê-la flutuar ilegalmente no mar. A outra sacola em Montjuïc, dentro de um nicho, obedecendo às ordens maternas até a última hora. Um homem meticuloso e cabeça-quadrada desarrumado para toda a eternidade.

A MARTINA ABRE A PORTA da cozinha afobada. Esconde alguma coisa dentro dos punhos pequenos e se aproxima para nos mostrar com dificuldade.

— Olhem, olhem! — O tom agudo e animado da sua voz me obriga a secar uma lágrima traidora com a manga da blusa.

A menina abre as mãos e lança para o ar um monte de pedacinhos de papel-alumínio que recortou minuciosamente.

— Já sei fazer chuva!

Alço o olhar para cima e me obrigo a crer que tenho cinco anos. Nos recém-nascidos, as lágrimas não aparecem antes das cinco ou seis semanas depois do parto. Na realidade, o choro não tem uma função fisiológica concreta, mas é um efeito secundário da estimulação do sistema nervoso. Me esforço para controlá-las. Me ordeno a parar e paro.

Os pedaços de papel caem em câmera lenta e cobrem toda Barcelona com uma chuva purificadora, também o cemitério do sudoeste, com suas centenas de milhares de sepulturas, uma das quais é para minha mãe, Anna, com o mármore envelhecido, coberto pelas flores amarelas, vivas e alegres, que com certeza meu pai levou hoje. A outra, nova, recente, com o cimento que a sela ainda macio. Ela deve ter levado alguma flor branca porque, aceite, Paula, um pouco também foi seu.

8

Os dias passam iguais, incolores, inquisidores desta nova etapa que pesa de uma maneira indefinida. Trabalho muito, durmo pouco, como menos e lembro demais. Tecnicamente, não posso fazer nada. Deixei de ter controle sobre mim mesma.

Depois dos plantões, saio para correr pela Carretera de les Aigües para me cansar até a extenuação, com a esperança de poder dormir em algum momento ou outro. Há um professor na Universidade do Texas, um psicólogo que pesquisou os impactos da privação do sono, que explica muito bem como alguém que não dorme durante um tempo prolongado normalmente vira psicótico, alucina e padece de interrupções nas suas funções cognitivas básicas. "Tortura branca" é como chamam a privação do sono. As técnicas de tortura branca não deixam marcas físicas e, portanto, são mais difíceis de demonstrar na frente de um juiz. Me nego a pedir uns dias de afastamento ao Santi para descansar. Visto assim, a única torturadora sou eu mesma e estou sob a minha própria custódia. Castigo, interrogatório, dissuasão. Vai saber qual é o objetivo que pretendo alcançar. Assim, corro, corro consciente da respiração, dos minutos, dos segundos, das pulsações, corro e fujo de mim mesma.

Por mais cedo que eu venha, aqui sempre tem gente e, por isso, eu gosto. A sensação de carência começa a ser extenuante. Hoje de manhã parei aos pés do Observatori Fabra, ofegante, em um canto onde não havia ninguém. Cheirava a musgo e vida úmida. Fechei os olhos para me sentir em um lugar seguro. O sol amortecido do outono me esquentava o rosto e era tão agradável que precisei guardar o momento. Dois pássaros chapinhavam dentro de uma poça. Quando minha mãe adoeceu e depois de poucos meses a perdemos, meu pai ficou aficionado pela ornitologia a um ponto sem retorno. Enchia os fins de semana de excursões e saídas de maneira obsessiva e eu o seguia arrastando os pés, sem opção, como uma penitência, com os binóculos pendurados no colo e aqueles dois rabos de cavalo imperfeitos, que nem ele nem eu sabíamos fazer. Colaborava com redes de anilhamento científico, marcava os pássaros, calculava suas taxas de sobrevivência e media o sucesso reprodutor em umas fichas de cartolina amarela que levava para cima e para baixo com uma mania que não era muito normal. Quando conseguiu anilhar mais de quinhentos indivíduos de cinquenta espécies diferentes, obteve a categoria de anilhador experiente. Enquanto isso, eu o observava e desejava que me pegasse entre suas mãos com o mesmo cuidado, que me colocasse um anel metálico numerado no calcanhar e me desse a oportunidade de lhe ceder a informação precisa sobre a minha idade e a minha ânsia de emigrar para lá onde tínhamos estado os três não fazia tanto tempo.

Me dava de presente pôsteres de pássaros que não me interessavam. À medida que eu ia crescendo, as paredes dos quartos das amigas da escola se cobriam dos cantores pop do momento; nas minhas paredes, por sua vez, havia um pôster de andorinhas e andorinhões-pretos nidificantes da Catalunha, um outro com cinco fileiras de araras em diferentes tons de verde que tinha como título *Amazon parrots*, e ainda um outro de tons marrons e ocres de aves de rapina da Península Ibérica. Meu pai crê que os pássaros são seres inteligentes e que há alguns que competem com os primatas e até com os humanos nas suas formas de inteligência. Ainda agora é um tema recorrente nas suas conversas, das quais evito participar, pois apenas saberia lhe dizer que, para mim, os pássaros são os seres que substituíram uma mulher. A invasão dos pássaros era a maneira de conter as águas do rio, de não perder o controle, de esquecer o som ofegante do meu pai naquelas primeiras noites sem minha mãe, choramingando sobre o piano, no sofá e sobre o kilim berbere que ela tinha comprado de uns brocanteurs do sul da França, pelo qual eu dizia que estava absolutamente apaixonada. Para meu pai, os pássaros foram um muro de contenção primeiro, um passatempo depois, e um ninho de novas amizades que o faziam sorrir, assim, quando eu era pequena, aprendi a não questionar o seu método de levar o luto, ainda que às vezes me envergonhasse muito, sobretudo quando me punha à prova com os nomes dos pássaros diante de pessoas recém-conhecidas a quem queria impressionar, compreendi que, se eu fosse na sua onda, as coisas seriam emocionalmente mais fáceis. Meu pai é um homem prático e, no que se refere a mim, se havia espécies capazes de guardar de duzentas a duas mil músicas diferentes em um cérebro mil vezes menor do que o meu, eu havia de ser capaz de manipular a minha maneira de encaixar o vazio infinito que havia deixado minha mãe. Fiz mais excursões que qualquer outra criança da minha idade e deixei que ele enchesse as paredes de pássaros até eu ir embora de casa com vinte anos sem confessar a ele que, no espectro de intensidades que o medo abrange, os pássaros me provocavam um temor desproporcional. Os movimentos curtos da sua cabeça, as patas frágeis como galhos e aquele corpo quente e trêmulo sob as penas, que batia dentro da minha mão quando ele me obrigava a segurá-los para colocar o anel, me provocavam aversão.

Cheguei a aprender seus nomes todos de cor. Também o nome científico, mas com os anos fui deixando isso para trás, como um mecanismo de defesa. Hoje de manhã, tinha dúvida se os pássaros da poça eram chamarizes ou lugres. Em uma espécie de ataque de melancolia e, sem pensar muito, tirei uma foto com o celular e enviei a imagem para o meu pai. Não demorou nem dois segundos para responder: "Machos de lugre. Não vê que a parte de cima da cabeça é preta? Você vem almoçar no domingo? Um beijo".

Almoçar com o pai no domingo. Uma outra vez. Um outro domingo. Quarenta e dois anos. Bati forte o pé contra o chão para afugentar os pássaros e arranquei um ramo de um arbusto com certa raiva, sem reparar que era muito espinhoso, e tive o azar de um espinho entrar no meio do dedo. "Não vê, Pauli? É o karma. Isso te acontece por causa do seu mau humor". Paro para pensar se deve ser assim quando dizem que é possível ouvir os mortos. "Dói? É um *Rubus ulmifolius,* os espinhos são um saco, mas, lá pelo fim de agosto, dará amoras pretas e maduras. Poderia fazer geleia, o que acha? Você conseguiria?". Mas tenho certeza que não pode ser tão banal, que ouvi-los deve ser necessariamente alguma coisa mais teatral, as nuvens no alto do céu devem se abrir como em uma pintura de Turner, e as folhas das árvores devem se mexer como loucas. Com certeza toca, pelo menos, Beethoven. Deve ser assim, não é? Isso de agora sou apenas eu que obrigo a lembrança, que brinco de fazer duplicatas do original. Pouca coisa mais. Sorrio para o nada com resignação. Briguei por um bom tempo com o espinho até conseguir extraí-lo com pequenos beliscões. Olhei para a linha azul do mar, que sempre marca uma possibilidade para apanhar, uma rota hipotética por onde escapar. Procurei consolo nela com o gosto metálico do sangue na boca e, em seguida, acariciei a capa do celular com as mãos geladas. Os dedos iam sozinhos, um passo adiante da cabeça, fartos como estão de tanta racionalidade. Sem poder evitar, brincaram com o telefone até achar a lista de contatos. Uma vez ali, deslizaram por todos os nomes, para cima e para baixo, uma e outra vez, divagando, do A até o Z, do Z até o A, até parar no Q. Quim. Voltei a olhar para o mar e também à minha volta. Não posso evitar sentir uma dose de vergonha. Não saberia o que dizer para ele. Não se contata alguém, depois de meses de silêncio, para pedir que venha fazer amor até te acalmar, até te fazer adormecer, e, apesar de tudo, sinto que poderia lhe pedir, e que ele concordaria, faria isso fácil, acessível, não haveria consequências nem perguntas, tão só esse liame erótico que acho que pode me prover tudo aquilo de que preciso para dormir: contato humano, que me toquem, que me apalpem, que me lembrem que existo, que alguém se entretenha desabotoando todos os botões que me asfixiam, que encham a minha casa de barulhos, que me esquentem com hálito quente as palavras terrenas e que os vivos respirem ao pé da minha orelha. Os dedos anseiam por tocar seu nome e dançam intranquilos ao redor do celular, conscientes como estão de brincarem com fogo.

— Não apague a luz, por favor, que quero te ver.

Estávamos em um outro hotel, em um outro quarto neutro, mas ele inspecionava cada canto do meu corpo com idêntico desejo.

Reprimo automaticamente a lembrança, apago a imagem das suas mãos afundadas na minha carne, o calor da sua pele, o balanço lento dos seus cílios quando entrava em mim ritmicamente e o riso tímido que nós dois dávamos com o ranger da cama. Mas os dedos cedem e triunfam, vão direto no seu nome curto e poderoso, que enche agora o centro da tela. Quim. Notei a ardência da pequena ferida que me provocou o espinho quando toquei o nome, um nome com *i* que, se você pronuncia em voz alta, produz a mesma ferroada que um espinheiro enfiado no dedo. Um nome breve para um homem que intuo que não deve durar muito. Grudei o telefone na orelha, com expectativa. Um toque, dois toques, a batida do meu coração tão contundente que fazia palpitar a camiseta, três toques. Foi para a caixa de mensagens e eu desliguei.

— Vai à merda!

Peguei um punhado de areia e lancei para o vazio, furiosa, maldizendo o rompante e a estupidez de ligar. Esqueça ele, Paula.

O esquecimento deveria ser um processo natural. Deveria ser possível esquecer no mesmo momento em que se toma a decisão de esquecer. Esquecer deveria ser imediato, senão lembrar se torna uma degradação, um ato de resistência. Não quero esquecê-lo. Quero deixar de filosofar, agarrar meus cabelos, esmigalhar um vaso contra o chão, me esconder sob o travesseiro, que alguém que não seja o meu pai me convide para jantar, voltar a viver como antes e me jogar em alguma noite com o perfume da sedução. Isso é o que eu quero, só isso, a contradição de me ver capaz de ir em frente para poder recuperar tudo o que deixei para trás.

PASSEI O DIA PENDURADA no telefone e abri todo um leque de possibilidades em torno do seu silêncio, possibilidades que vão das pouco derrotistas — uma mudança de número, um celular quebrado, que não haja sinal lá onde estiver — até outras mais dramáticas — que não queira saber nada de mim, que tenha lhe acontecido alguma coisa grave que o impeça de se comunicar, que tenha morrido. Por que não? Me ergo, tomo ar e me acuso de trágica, e logo a seguir me recrimino pela nova tendência de levar tudo até o olho do furacão. Lembro que tudo continua no seu lugar, as nuvens, o mar, a insônia, os mortos. Não morreu mais ninguém, Paula, e saio correndo.

Preparei um sachê de sopa instantânea, bebi uma taça de vinho e comi uma maçã como jantar. É uma combinação hostil. Deveria comer mais e melhor, prescindir dessas sopas nefastas, mas estou com frio e posso fazer o que eu quiser, porque sou uma mulher sozinha que chega numa casa onde não vive mais ninguém. Não devo dar exemplo às crianças, nem me esforçar para tornar as refeições uma ocasião agradável. Liberdade total e absoluta para me transformar em uma pessoa arisca. Essa não é a melhor atitude, mas também não há ninguém para me corrigir. À medida que se esvazia a taça de vinho e encho de novo, me animo com a ideia de ligar outra vez para o Quim. Não sei se devo fazê-lo e me surpreende positivamente a sensação nervosa diante da dúvida. Abandono de imediato a iniciativa, levando em conta que o mais garantido é que já tenha visto a minha ligação da manhã e que, portanto, o seu silêncio só pode indicar que não há nada mais que eu possa fazer. É contraditório sentir prazer com uma sensação negativa, mas é agradável que, à mesma trilha sonora de todas as noites, o telejornal e algum movimento dos vizinhos na escada, se adicione a incerteza se ele vai retornar a ligação. Você tem quarenta e dois anos, Paula, por favor. Onde vai com essa ilusão infantil grudada nas paredes do estômago?

Escuto a porta da entrada. Parece que minha audição se tornou mais aguda ultimamente; é parte do estado de alerta que se ativa em mim quando atravesso a entrada desta que agora é minha casa. Só minha. Enquanto me sirvo um pouco mais de vinho e olho pela enésima vez a tela do celular, ouço que o Thomas entra no prédio acompanhado. É ela. Conheço a batida dos seus sapatos de salto agulha. Tinem as chaves no diálogo que mantêm em inglês e o riso em idioma nenhum. Faz uns dias que me apresentou, ao pé da escada. É loira e tem esse bronzeado que aguenta os doze meses do ano à base de raios ultravioleta. Vestia uma calça de couro preta. É muito mais velha que o Thomas, deve ter uns cinquenta, mas domina a idade em algum lugar que lhe custa muito dinheiro. Emana um cheiro doce de mulher que enreda até te fisgar, mas tem um olhar vulnerável e um rosto bonito de menina mimada que acaba com todos os clichês. Escuto a porta da casa do Thomas se abrindo, e é agora que intervém o som que fará com que meu coração exploda. O de um beijo espontâneo. As duas bocas que se buscam e se cumprimentam brevemente. A sonoridade da escada o faz ressoar e engrandecer e o aproxima do meu ouvido, com toda a coreografia, por inteiro, dois lábios que se grudam por pressão e se afastam por tração. Me sinto tão vazia e sinto tanta saudade desse gesto que tenho que engolir a raiva. Sem nem perceber, estou no meio do corredor, às escuras, com a taça de vinho na mão e a orelha colada na porta. A tortura branca que não deixa marcas físicas, somente esses olhos de coruja, a cabeça escondida e o coração na mão pelo som de um beijo. Preciso dormir. Preciso desse maldito beijo.

O Quim não vai ligar. Tiro a maquiagem sem vontade enquanto me olho no espelho. Estou pálida, de um pálido cinza, como o cinza do rosto das freiras em clausura que exibem a pele aveludada e cheia de rugas finas. É só o meu olhar, ou aqueles que me conhecem me veem assim também? Está cientificamente provado que, somando a falta de sexo, de sono e de contato humano com doses excessivas de tristeza, a cor da pele muda?

Tenho que achar algum artigo sobre isso.

Apagou-se a luz do meu rosto.

Encolheram-se meus olhos.

Será que os meus amigos cochicham sobre a minha falta de liberação de progesterona, endorfinas e colágeno?

Amanhã vou correr um quilômetro a mais.

AS MULHERES e os homens velhos que perdem o companheiro entram em uma etapa estipulada da vida ditada por decreto-lei, assim, de fora, são reconhecidos sob o teto protetor do luto, e não passa pela cabeça de ninguém se intrometer em sua atividade sexual parada, nem em suas artes amorosas estancadas; por outro lado, as mulheres e os homens jovens que ficaram sozinhos são apanhados por um impasse fora do espaço e do tempo, escondidos em uma gaiola de causas não classificadas, uma gaiola de onde os examinam com lupa e os bombardeiam com perguntas camufladas de compaixão. Ditam-lhes uma sentença baseada na reconstrução obrigatória: ainda são jovens, fecundos, propensos a encontrar alguém que reative seu tesão e seu desejo. Elas e eles, que não sabem o que responder, porque não há nenhum manual de convenções que inclua o capítulo da morte na primavera, calam, incapazes de fazer compreender que perderam um pedaço da sua biografia.

Vou para a cama sem sono e retomo a leitura de um romance em que uma mulher de idade, viúva, propõe a um vizinho seu, do mesmo perfil, dormirem juntos e se fazerem companhia pelas noites, terem um ao outro para conversar um tempo antes de irem dormir, sentirem o calor humano sob os lençóis, mais nada. Não li nem meio parágrafo quando escuto barulhos no apartamento de cima. Apareceram há umas semanas. Distingo claramente como a loira bronzeada de olhar afável geme em inglês. Geme-se em diferentes idiomas, o gemido de prazer não é um som inarticulado, cada gemido contém deleite no idioma de quem o emite. Logo me descubro dando mais atenção aos barulhos do apartamento de cima do que permitem os bons modos. Fecho o livro. Sinto uma excitação entre as pernas, alguma coisa vibra dentro de mim, ativada pelo alvoroço úmido do sexo do andar de cima. Procuro seguir com a leitura, mas não demoro a ouvir sons de um Thomas extasiado. Começaria a chorar de inveja, como uma menina que quer aquilo que não pode ter. Quero existir, ser um corpo físico e mudar de pele como uma serpente, seguir em frente e deixar o vestido ressecado de tristeza no meio do caminho. Que um menino ache a muda seca e a levante do chão com um galho e observe, admirado, a serpente que se arrasta nova, pelo caminho, com a pele brilhante e vontade de viver. Adormeço por fim com o livro aberto em cima do rosto e um último pensamento, que carrega a voz do Mauro do meu lado: "Isso que você lê é uma porcaria, Paula. Ponha um russo na sua vida de uma maldita vez".

QUANDO NÃO SÃO REVELADORES, os sonhos são a mera involução dos nossos dias. Quando são, porém, crescem sobre um cenário que poderia ser um circo capaz de se acender apenas com a magia e a reputação infantil da ilusão. Os dedos do Thomas brincam com meus mamilos, fazem girar como um ladrão impaciente para encontrar a combinação do cofre. Escuto o som de um telefone e a preguiça de me desprender do calor dessa coreografia onírica. Gosto de sentir a mão do Thomas sobre a pele. "It's fine, go on". Toca o telefone no fim de um corredor tão comprido como a estranheza do meu sonho. Acordo de repente, incomodada comigo mesma e muito envergonhada por ter envolvido meu vizinho nesse começo de fantasia e ter que admitir que estava gostando. Quatro da manhã é uma estação de metrô do roteiro noturno que tenho feito nos últimos meses. Desço sempre aí, conheço-a bem e ela me conhece. Os lixos transbordando, o amoníaco que sobe de um chão que nunca chega a estar limpo. Você aspira um gole do ar escuro da estação e lhe revela todos os seus medos. Às vezes, só paro nela para brincar de ver quem aguenta mais tempo com os olhos fechados, outras vezes para escutar o contato dos cílios sobre o travesseiro ou os segundos que se escondem atrás do vidro do despertador. Muitas vezes perco o comboio. Perco se, mesmo tendo aprendido de cor a teoria e sabendo que não devo descolar os braços do corpo, me estico um pouco para a esquerda e encontro o colchão vazio.

Lavei o rosto e voltei para a cama com a boca seca e uma leve dor de cabeça. Meu coração dispara. O telefone do sonho corresponde a um nome real escrito na tela do celular: Quim. Ligação perdida.

São quatro horas e seis minutos. Uma hora estranha para ligar para alguém, mas não posso perder mais metrôs, tampouco mais trens, assim, tomo ar e me deixo levar como quem se prepara para uma ação importante que requer muita concentração. Alinho os pensamentos em um só, exalo o ar e toco no seu nome. Atenda, por favor. Ele atende.

— Paula?

— Oi, Quim. Desculpe o horário. Você acabou de me ligar, não é? — A minha voz nasce rouca e mais tímida do que conviria. Limpo a garganta e fecho os olhos, como fecham as mulheres devotas que rezam por penitência um pai-nosso e duas ave-marias. Começamos uma tentativa de diálogo, um trâmite prático sobre coisas que não nos interessam, nem a ele, nem a mim, das ligações perdidas e da hora que é. Que importam os fatos imparciais quando se está concentrado em medir o impacto de um meteoro contra a Terra?

— Está tudo bem, Paula?

Respondo com um sim tão veloz que nem o vejo passar.

— Liguei apenas para perguntar se você acha que poderíamos nos ver. — Não consigo aclimatar a voz para que não soe tão assustada e, agora que exponho o que há tantos dias estava fechado dentro de mim, me sinto ridícula até o mais íntimo, até o ponto de sentir que devo me desculpar. — Me perdoe, estou com muito sono — acrescento, com um pequeno barulho que queria ser um riso.

— Mas está tudo bem?

— Sim, sim...

— ...

— Quim, escuta, acho que te devo desculpas.

Produz-se um silêncio incômodo, quebrado apenas por um som nasal do outro lado do telefone. Não posso contar a verdade. Não posso subestimar o poder e a força de uma palavra tão forte como *morte*.

— Paula, passou muito tempo... — Não há rastros de repreensão no seu tom, mas não termina a frase, me convida a lhe dar explicações.

— Eu sei. Me perdoe. Não sei o que dizer.

— Estava preocupado que tivesse te acontecido alguma coisa.

Cubro meu rosto com a mão.

— Gostaria de te ver. Acha que isso poderia acontecer?

Suspira.

— Não vai desaparecer de repente? — Agora o silêncio me pertence. Não planejei, não fui além da necessidade de um corpo que me sustente, então reparo na frivolidade e no egoísmo com que caminho desde que o Mauro não está. — É brincadeira, Paula — acrescenta com a sua segurança habitual. — Certeza que você está bem?

— Tenho algumas tardes livres antes do próximo plantão. Quando é melhor para você?

— É que estou em Boston. A princípio volto no ano-novo, ainda não tenho a passagem. Ligarei quando chegar. Está bem?

Boston. A vida continuou enquanto eu fiquei parada. Gostaria de perguntar o que está fazendo em Boston, se há alguma casa sustentável em construção ou se tem alguém que o espera em um pequeno apartamento com neve na entrada e, quando ele chega à noite, coberto de lascas de madeira de carvalho, ela grita "Amor, tem frango frio na geladeira!", mas não ouso me exceder.

— Certo.

— Até breve então.

— Quim! — acrescento, a ponto de perder o sangue-frio.

— Diga.

— Obrigada.

Ele magnifica a espera com uma pausa um pouco longa demais antes de responder.

— Obrigado a você, por ligar.

Boston. Me estico na cama e fixo o olhar e a conversa no teto para estudá-la com detalhe. Foi uma conversa manca e breve, mas acabei de falar no telefone com o Quim e a estação do metrô se surpreende de me encontrar logo de manhã cedo com a musculatura do rosto relaxada, sem controle, a ponto de dar uma grande risada. É uma sensação antiga que acorda para me comunicar que avancei um passo, que encontrei uma pista no caminho para sair da toca, que a autodestruição foi adiada. Pelo menos até o ano-novo. De repente, a sombra estica a manga do meu pijama e cospe na minha cara. Onde você pensa que vai tão feliz? Me deixe em paz, ordeno, e, nesta noite, surpreendentemente, se cala.

Você lia um original, concentrado, na cama. O notebook ligado entre nós dois, os óculos na ponta do nariz, o pijama elegante, os meus pés enredados nos seus. Fora, na sacada, a irrigação automática programada para as onze e meia, a lua em quarto crescente, os despertadores organizados para nos fazerem pular da cama, às seis e vinte, o meu, e cinco minutos mais tarde, o seu. Os poucos momentos em que coincidíamos, porque os trabalhos nos absorviam, vivíamos dentro dos limites racionais da familiaridade dissimulada, confortável, metódica e agradável de dois adultos sem filhos e uma vida prosaica. Tínhamos nos habituado ao silêncio, à casa limpa, ao restaurante vietnamita do Eixample, ao japonês de Gràcia, à ordem e ao egoísmo individualista e a estar de barriga cheia com isso. E, periodicamente, como uma temporada de monções que se teme, mas que já se espera, voltavam as disputas acaloradas sobre o seu anseio de ser pai, totalmente incompatível com o meu instinto materno tão impreciso quanto lacônico. Como bons mamíferos, nossa relação estava governada pela capacidade de comunicação entre nós, que nos proporcionava benefícios, como o alimento, o descanso, a segurança e a companhia. Não era coisa só nossa, Mauro, é um estado necessário para todos os casais. Tínhamos aprendido a nos comunicar pela via química, a física, a visual e a tátil, mas, com a passagem dos anos, já não nos olhávamos tanto nos olhos para contar as coisas, tampouco nos tocávamos constantemente para pedir o azeite na mesa ou para nos apoiarmos no braço do outro enquanto colocávamos os sapatos. O mínimo de estima necessária que empurrava nossa relação era confortável para mim e eu também não conhecia nenhuma outra forma de amar. Mas nos amávamos.

Eu te amava também na noite em que arranquei o manuscrito das suas mãos de supetão.

— Não perca isso, Mauro, é muito bom!

Você resmungou. Fiz com que você perdesse onde estava na leitura, mas eu te cortei, divertida.

O astronauta Chris Hadfield, comandante a bordo da Estação Espacial Internacional, tinha postado um vídeo, que corria pelas redes, onde mostrava que, no espaço, as lágrimas não caem. A falta de gravidade faz com que o líquido se acumule progressivamente no olho e fique na ponta do nariz.

Contemplamos juntos como o astronauta passava as lágrimas de um olho para o outro. Desse vídeo pulamos para um outro, no qual o mesmo astronauta canta uma versão de *Space oddity*, de David Bowie. Gravita por dentro da Estação Espacial Internacional, fazendo girar o violão sem gravidade, enquanto lá fora se vê a Terra coberta pela atmosfera e cheia de pontos de luz humana que enchem de calor a extensão de continentes. Eu movia os dedos sobre o notebook no compasso da música, você gostava do Bowie, gostava muito.

— Acho incrível — disse.

— Eu sabia que você ia gostar — respondi com a satisfação de saber te entreter.

— Acho incrível que, enquanto aqui embaixo a coisa se limita a ir trabalhar e seguirmos todos como um mesmo rebanho de ovelhas, dia após dia, com a máxima ilusão de viajar para um destino turístico apinhado de pessoas durante algumas miseráveis semanas de verão, lá em cima há quatro afortunados que flutuam pelo espaço e podem viver com uma perspectiva completamente diferente. O espaço existe, pelo menos para eles.

Se tivesse estado mais atenta, nesse ponto poderia ter me ofendido, Mauro, poderia falar que eu era a ovelha negra do seu rebanho e que, como tal, esperava te oferecer um pouco de diversão e afeto. Poderia ter falado que não estávamos tão mal, eu então sentia assim, você não? Poderia ter prometido que trocaria alguns plantões e dito que sabia usar outros tempos verbais além do condicional. Mas me limitei a sorrir diante do violão que girava, flutuando na Estação Espacial Internacional, e a fazer algum comentário ridículo sobre o bigode do comandante Hadfield.

— Se voltasse a nascer, não trabalharia na editora. Seria astronauta. — Você tirou os óculos e me olhou, afirmando com a cabeça, muito convencido: — Sim, Paula, com certeza. Seria astronauta.

Voltar a nascer. Você teve que morrer para voltar a nascer com essa aparência de lembrança. *Astronauta* deriva das palavras gregas *ástron*, que significa estrela, e *nautas*, que significa *navegante*. Você é alguma dessas coisas? Onde está? Você com certeza deve ser astronauta. Você era um bom homem, Mauro. Alguém deveria te conceder esse último desejo. "Volte", te peço às vezes, "volte, por favor, mesmo que seja com ela". Mas nada tem sentido, Mauro. Apenas essa sensação de coisa incompleta.

9

— **Bom dia, Santi!** Trouxe um croissant de manteiga, como você gosta, e o melhor de tudo, café feito em casa.

Faz anos que eu e o Santi compartilhamos o vício pela cafeína. Durante a minha primeira noite como neonatóloga, nos encontramos na copa. O seu rosto cansado contrastava com o meu, cheio de emoção pelo primeiro plantão. Ele estava em pé na frente da máquina de café, alto como uma montanha, e eu aguardava atrás, impaciente, enquanto o aroma torrado e volátil invadia o pequeno espaço de descanso.

Tinha mil perguntas mais para fazer, mas precisava me conter. Estava importunando ele a noite toda. Aguardava ansiosa pelo momento de ter que saltar da cadeira por alguma parada cardiorrespiratória, ansiava por uma reanimação na sala de parto, o que fosse, mas precisava materializar de vez aquela vontade de ser requisitada. Foi ele que começou nosso vínculo através do café.

— Você sabia que a cafeína, além de te manter acordada, também é um potencializador da memória?

— Sim, estimula determinadas lembranças e gera resistência a esquecer. E ainda mais: também melhora o tempo de resposta. É preciso menor ativação cerebral para executar uma tarefa de atenção. De fato, apenas com uma dose de setenta e cinco miligramas, já se apreciam melhoras significativas — falei numa tacada só.

Ele se virou para mim com estupor, levantando uma sobrancelha já branca naquela época, e me olhou como se eu fosse de um outro planeta. Encolhi os ombros. Também queria explicar que me parecia brilhante que alguém tivesse batizado com o nome *cafeína* o remédio que se administra para prevenir as pausas de apneia dos recém-nascidos, para que não se esqueçam de respirar, mas era a nossa primeira conversa informal e considerei que não precisava potencializar a minha veia estrambótica.

A máquina terminou o seu processo e ele pegou o copo quente pela borda, apenas com dois dedos, para não se queimar, e se aproximou de mim. Levantou um pouco o copo em sinal de celebração.

— Pelo seu primeiro plantão. Que todos sejam assim tranquilos! E pelo café, pelo líquido péssimo que sai dessa maquinona.

Me limitei a sorrir. Não me atrevia a dizer que a tranquilidade não era o que eu esperava, nem sabia como articular a minha ânsia pela responsabilidade, por colocar à prova todos os meus conhecimentos, os anos de estágio, por cheirar o risco, não sabia como dizer que me seduzia trabalhar de maneira trepidante e que preferia brindar por plantões agitados e extenuantes. Com os anos, nos reencontramos muitas vezes na frente da cafeteira e, quando a noite é movimentada para nós dois, nos reconforta poder voltar para a lembrança daquela primeira noite. Assim, às vezes, quando começo às oito e sei que tenho que encontrar com o Santi quando ele termina o plantão, gosto de levar café bom e cuidar dele um pouco.

Dormi poucas horas, mas, tendo em conta as estatísticas sobre a qualidade do sono dos últimos meses, superei bastante a média. Acordei com vitalidade e vontade de acreditar que as coisas mudarão. Com a ligação do Quim no horizonte, nessa manhã sentia que algo ia mudar.

Entrei no hospital com o ânimo renovado, me troquei rápido enquanto tirava o café e o croissant da sacola e, quando me virei, reparei que o Santi estava acompanhado de um rapaz que não vestia jaleco branco, apenas um crachá do hospital. Estavam em pé, ao lado da mesa redonda da sala de reuniões, e ficaram me olhando como dois espantalhos.

— Bom dia, doutora Cid. Venha, vou te apresentar o Eric.

Sou a doutora Cid quando as coisas ficam feias por um motivo ou outro, senão sou a Paula, a seco.

O Eric em questão me estendeu a mão e não a soltou enquanto o Santi me lembrava que era o osteopata que, através de um convênio universitário, propôs uma pesquisa sobre o papel do tato na terapia manual osteopática em prematuros.

— O Eric vai vir de vez em quando durante um ano e meio.

Forcei um sorriso. O Santi já tinha me falado dessa história, mas estava convencida de que o Comitê de Ética não aprovaria. Não gosto que se permita a entrada no hospital de profissionais que não são da equipe da casa, tampouco gosto que o Santi não tenha me falado até agora que a pesquisa já estava aprovada, e o osteopata plantado aqui, as pernas separadas demais, um tórax proeminente digno de uma competição de halterofilia, jovem e igualmente nervoso. Sua mão transpira, caramba, como é que se supõe que vai tratar os meus recém-nascidos?

Sei que não devo julgar as pessoas precipitadamente e que também não posso jogar no chão a sacola de papel com o croissant e partir para cima dele, mas, durante uns segundos, penso nisso seriamente.

— Paula, justo agora o Eric comentava que, à parte os aspectos orgânicos ou somáticos, ele queria trabalhar sobre a área emocional e relacional. Não é, Eric?

— Bem, sim... Na medida do possível, acho que seria muito interessante e útil poder provar até que ponto as intervenções táteis têm um papel central não só no diagnóstico, mas também no desenvolvimento das relações terapêuticas com o paciente.

Os dois me olharam, esperando uma reação minha. Não achei pertinente falar que o discurso que acabava de me largar parecia de uma lógica tão evidente que achava ridículo realizar uma pesquisa para demonstrar isso. Me limitei a ficar de braços cruzados.

— Como comentei contigo em outro momento, Paula, centralizaremos a pesquisa em duas das quatro crianças que tenhamos na UTI de maneira continuada. Depois de ter estudado a história clínica detalhadamente, o Eric acha que os mais interessantes seriam a Ivet e o Mahavir. Explicamos o projeto para os pais e lhes pareceu muito bom.

— Eric, você nos dá licença por um segundo?

Apartei docilmente o Santi pelo cotovelo e o levei para a zona dos computadores. De costas para o rapaz, interroguei o Santi com o olhar e ele, quase sem mexer o queixo, me avisou que me comportasse, que já tínhamos conversado e que tudo relacionado à pesquisa no hospital era muito bem avaliado.

— O Mahavir... — Deixei o protesto no ar. Se dissesse que só eu posso tocar nele, minha infantilidade exasperaria o Santi.

Notei que me empurrava com firmeza de volta para o lado do rapaz, que, apesar das aparências, soube suportar estoicamente esse parêntese incômodo.

— Doutora Cid — acrescentou o Santi, rude —, depois da reunião de serviço, encontre um jaleco para o Eric. Ele vai começar hoje mesmo.

A Vanesa e a Marta apareceram na sala, conversando entre elas com o tom festivo habitual, mas se calaram de repente quando viram o osteopata. Era evidente que a Marta comeria ele com os olhos e não consegui fugir de desviar o olhar. Elas mesmas se apresentaram, como se o Santi e eu não estivéssemos lá, e derramaram uma quantidade insultante de charme e vaidade que o rapaz recebeu com pose sedutora. Como se não bastasse, acontece que o mundo é bem pequeno, e o osteopata e a Vanesa coincidentemente estiveram no mesmo camping durante muitos verões e os dois monopolizaram a conversa, coisa que se transformou na gota que transbordou meu copo. Aproveitando que o Santi e eu ficamos na retaguarda, dei a ele a sacola de papel com o croissant e a garrafa térmica com o café sem lhe dirigir a palavra.

— Paula, mulher. Não seja assim.

— Assim como? Não gosto de ter pessoas que não conheço passeando na UTI e brincando com as crianças. Você avaliou o estresse que pode significar movimentá-las mais uma vez por dia?

— A equipe de psicologia concordou e querem colaborar com a pesquisa. Você precisa ser mais flexível, Paula.

— A equipe de psicologia? E os fisioterapeutas, o que eles falaram?

— Acho que agora não é o momento para discutir isso. Você é uma grande profissional, Paula, mas não respeita a linha.

— Qual linha, Santi?

Naquele momento, um pouco mais longe, o osteopata falou alguma coisa que fez a Marta explodir de rir.

— Faz tempo que te digo que você precisa afrouxar o ritmo de trabalho, precisa refletir sobre o que aconteceu. Fazer mais plantões que as duas residentes juntas não te ajuda, Paula.

— Santi! — falei, irritada. — Esse tom paternalista começa a me cansar. Falei que estou bem. E, além do mais, por que você está me falando isso agora?

Ruminou por um momento. A luz do primeiro sol de dezembro entrava sem filtro através das lâminas largas das persianas e batia direto nos seus olhos. Colocou uma mão como uma viseira sobre eles e enfim falou:

— O hospital não é a sua casa, Paula, nem essas crianças são seus filhos.

Engoli a saliva e abaixei a cabeça. Reparei nos sapatos do Santi. O meu pai tem uns iguais. São sapatos de homem velho, confortáveis, com uma boa sola de borracha, que amortecem os impactos contra o chão e se adaptam perfeitamente aos movimentos do pé, estão alheios a qualquer conquista estética. São sapatos de alguém que sabe o que faz e que antepõe a prática à veemência.

Me deixou rodeada pelo eco da sua frase e avançou uns passos com aqueles pés sábios até se juntar ao grupo.

— Vamos, meninas, pois quero ir para casa. Atualizarei vocês sobre o plantão.

O osteopata ficou num canto, sem saber muito o que fazer, enquanto o Santi falava com a gente. Eu disfarçava que o ataque de sinceridade desse homem que me viu crescer como profissional não tinha me afetado, até sorri quando ofereceu para as residentes o café que eu trouxe de casa para ele e brincou, dizendo que esperava que a sua estadia entre nós tivesse servido pelo menos para saberem cuidar das pessoas da sua futura equipe no mínimo tão bem quanto a Paula. Há quem se sobressai no seu trabalho, mas é péssimo para gerir uma desculpa.

Nem sua casa, nem seus filhos. Não quis avaliar as suas palavras, sequer deixei elas transpassarem o lóbulo temporal superior, onde se situa a área de Wernicke, que acolhe programas para transformar a informação auditiva em unidades de significado. Não posso admiti-las como uma unidade de significado. Não farei isso. O que sabe ele no final das contas?

Depois que o Santi foi embora, a Marta, exaltada, me cutucava com o osteopata. Não bobeia, vai fundo, se joga, é um gato. O que se passa com todo mundo?

— Basta! Já deu. Pare, Marta. Onde você acha que trabalha? Lembre que temos pendente o diagnóstico da menina da três. Você não voltará para casa antes de resolver isso. Vanesa, se apresse com as provas da Raquel. Preciso delas antes das duas. Vamos nessa, que o tempo voa!

Me olharam, surpresas. A Marta, ofendida, me fez cara feia, e a Vanesa saiu num tiro e com a cabeça baixa. O osteopata estava sentado com os olhos muito abertos.

— Você!
— Diga, Paula!

Levantou num pulo da cadeira.

— Não, Paula não. Doutora Cid. Está claro? Me siga.

Com toda a perversão possível, joguei na cara dele um jaleco de tamanho menor do que lhe corresponderia, e reparei que antes nunca teria feito isso e que talvez essa seja a minha nova identidade: uma mulher sozinha e mal-humorada, cujas expectativas se reduzem ao trabalho, que aos domingos almoça com um pai ex-compositor de jingles, que não a deixa ir embora até que decidam juntos se, para a nova melodia melosa que chamou de *Bela*, baixa um semitom ou coloca o dó sustenido. A mulher sozinha que corre todo dia mais um trecho para combater a insônia, que se alimenta de artigos de revistas científicas e que vive grudada no celular buscando o nome de um marceneiro que não ligou de volta, a mulher que não quer fazer festa de aniversário de quarenta e três, porque acha que não tem mais nada para celebrar, que beija o vidro frio da moldura que contém uma foto de tempos felizes e de festas de São João e que, aos sábados à noite, pontualmente, fica de babá das duas filhas da sua melhor amiga para que ela possa recuperar um pouco a vida de casal, agora que as meninas já estão maiores, para que possa recuperar um homem calado e silencioso que maneja coisas de banco, mas que está, que existe, tem o cheiro do perfume que ganhou na festa de Reis do ano passado e ocupa um pedaço do armário com a sua roupa formal demais. Um marido que, quando era jovem, não faz tanto tempo, fumava baseados e se empolgava imitando o Julio Iglesias e que, aos poucos, desde que o vestiram com um fraque e ele prometeu para a Lídia que lhe seria fiel na prosperidade e na adversidade, na saúde e na doença, e que a amaria e a honraria por toda a vida, fumou menos, e com a primeira ecografia nas mãos, já não fumava nem cantava e, com a segunda, já falava de partos e papinhas depois do almoço, até que foi ficando com cara de lua. Mas está lá, depois de todos esses anos, e mesmo que tenha azedado, faz com que a Lídia não se sinta transparente e, quando ela chega em casa, pode contar para ele se havia trânsito nas Rondas ou se é preciso chamar o encanador por causa do barulho do maldito exaustor. Por mais que lhe falte a animação de uns anos atrás, ele diz a ela boa noite e acorda todo dia ao seu lado.

Assim, a mulher déspota poderia substituir a politicamente correta e levar para passear esse monstro que está criando dentro de si, sem respeito, sem valores, sem um futuro emocionante, por quê, que importância tem isso agora? Se a coisa consiste em levantar da cama e lembrar que é preciso respirar, vale mais fazê-lo sem escrúpulos, sem esperar nada de ninguém.

Depois de bater forte a porta e de uns quantos passos acelerados com o osteopata botando os bofes para fora, parei ofegante justo antes de entrar na UTI.

— Serei quem eu quiser e não aquela que os outros decidirem, está bem? — gritei para ele.

— Como? — perguntou, atônito.

Estava tão para dentro de mim mesma que perdi o mundo de vista com as minhas preocupações. Não posso dar razão para o Santi, preciso deixar de viver na minha própria introspecção e começar a atentar a tudo o que se passa à volta. Poderia me medicar, ainda que seja apenas para os nervos, dormir, me drogar, mas não é preciso medicalizar qualquer situação, a minha situação é simplesmente a vida, a vida que passa e encalha. Você está farta de explicar isso para os pais dos pacientes quando as coisas não saem bem ou quando faz muitos meses que vivem no hospital. Lembre do que fala para eles, Paula, que vão para a praia, que almocem na Barceloneta com o sol de inverno no rosto, que as crianças vão estar em boas mãos. Fechei os olhos e me esforcei para imaginar o mar.

— Doutora Cid? Você está bem?

O osteopata tocou meu ombro. Quando abri os olhos, o encontrei com cara de preocupação e vestindo o jaleco que mal podia abotoar. Tendo em conta as medidas do seu tórax, era como se vestisse uma fantasia de algum super-herói a ponto de evoluir para um estado superior de força e energia sobrenaturais. Tive um ataque de riso, ele deve ter me visto como uma pessoa desequilibrada, e a verdade é que, depois desse surto, não tenho muitos argumentos para discutir contra isso.

— Peço desculpas pelo meu comportamento.

— Tudo bem, de verdade, tudo bem, doutora Cid — repetia totalmente deslocado.

— Paula. Pode me chamar de Paula, não precisa ser de doutora. Achava que o dia tinha começado bem, mas, rapaz... Sinto muito.

— Entendo perfeitamente, não se preocupe.

Engulo a vontade de lhe repreender, pois não entende absolutamente nada.

— Bem-vindo à UTI, Eric. Mãos bem limpas, desabotoe o jaleco e já estará pronto para que eu te apresente meus tesouros. Antes de entrar, gostaria que uma coisa ficasse clara. — Ele assentiu, com expectativa. — Sua pesquisa não me convence.

— Mas o doutor me falou da aceitação da equipe e eu achava que...

— Não, eu nunca aceitei. Não tenho nada contra a sua disciplina, pelo contrário, mas não estou convencida de que seja o que essas crianças necessitam neste momento.

Baixou levemente a cabeça, submisso, e depois me olhou nos olhos com franqueza.

— Obrigado pela sinceridade. Compreendo o abalo e as dúvidas que você possa sentir por ter alguém que não faz parte da equipe trabalhando diretamente com as crianças, mas eu estou totalmente convencido daquilo que faço. Confie em mim.

Confiar. Confie, Paula, confie nele, confie que "as espécies que sobrevivem não são nem as mais fortes, nem as mais inteligentes, mas aquelas que se adaptam melhor à mudança". Mude, Paula.

Estendi minha mão e ele me deu a sua. Abri a porta e o convidei para entrar. O Santi pode dar o sermão que quiser, pois, quando eu piso no chão desta unidade que amortece o som do mundo, estou em casa.

A viúva negra vive sozinha durante os doze meses do ano, mas faz uma macabra exceção: às vezes mata e come o seu parceiro depois da cópula, um violento ritual de acasalamento que lhe outorga seu nome.

Também há a Hanna Glawari, fruto da imaginação de Viktor Léon e Leo Stein para a opereta de três atos de Franz Lehár, *A viúva alegre*. A Hanna é jovem e belíssima, ficou viúva do seu marido milionário e deve se casar de novo por razões de Estado.

E depois estou eu, que, como não sou artrópode, nem casei com você, não tenho nenhum termo que possa cunhar para encaixar nesse mundo dos vivos, onde parece que tudo e todo mundo tem que ser classificado e arquivado.

Na Antártida, não há aranhas, nem no ar, nem no mar.

10

Procurávamos por apartamento para alugar. Considerando a zona e o preço, demos prioridade para a zona. Queríamos silêncio de noite e ter tudo por perto de dia. O Mauro perseguia um terraço, eu, a luz. Perseguíamos os sonhos separados no mundo do trabalho. Compartilhar um apartamento próprio com ele teria se parecido demais com um anel de compromisso, um expediente matrimonial ou um cachorro ao qual você sobreviverá com certeza, porque sabe que, quando muito, ele durará uns doze anos. Meu pai era mais de comprar, como muitos que são de origem humilde e acabam ganhando bem na vida e contraem o anseio de serem proprietários. Eu venho de lá, mas nunca quis ser dona de um apartamento. Sempre tenho me lembrado que tudo que se compromete a permanecer pode ir embora sem avisar, e aquilo que se enche pode se esvaziar de repente com a violência de um arranhão. Acontece com as mães, com os apartamentos, com os cachorros, acontece com o amor.

Eu costumava me distrair com as fachadas dos apartamentos maiores de outras zonas de Barcelona com o deslumbramento de uma miragem. Sair do bairro era um desejo que quase podia tocar. Estava muito consciente de que me afastava da amálgama de sabores, cores e imigração do Sant Antoni mais popular, onde vivi quando criança. Me fascinavam a vida ao lado do mercado, a mistura epidérmica, a língua que se fragmentava e voltava a se unir evoluindo para um idioma novo, uma realidade viva e cambiante, mas, quando cresci, me irritava o buraco de barulho em que o bairro se transformava aos poucos, as obras e as aberrações dos preços de aluguel e de compra. Me aborreciam as ruas entupidas de bares siameses, que suprimiam sem piedade as lojas encantadoras de sempre, e me incomodava, sobretudo, o meu passado. Estava convencida de que a vida se passava em outro lugar. Fui para o outro extremo, para uma espécie de ilha, chiquérrima, da zona alta de Barcelona, onde a maioria dos habitantes, como muitos apartamentos e casas, vivem se exibindo. Portas adentro, por trás das máscaras de lábios retocados e mocassins lustrados, cozinham-se silêncios inquietantes. Personagens conservadores, muitos deles acabados e aferrados a uma segurança econômica irreal, que vivem alheios a qualquer possibilidade de subversão, estão congelados, adormecidos no seu próprio sonho. Aos domingos, surpreende a quantidade de pessoas que se juntam em volta das igrejas, pessoas muito novas, arrumadas, todas farinha do mesmo saco, famílias inteiras com uma grande quantidade de filhos de aparelhos ortodônticos e camisas polo e laços de cetim grandes demais na cabeça. Me pergunto o que eles pedem a Cristo, ou o que lhe confessam, ou o que lhe agradecem, em todo caso. Depois compram o frango assado e pronto. Durante a temporada de neve e também no verão, o bairro fica vazio de famílias, e apenas se veem senhoras idosas elegantes, com cachorros mais limpos e bem alimentados que toda a população infantil do Chifre da África.

Eu fui para lá para me reinventar. O bairro de Sant Antoni me definia e o que eu queria era desfazer meu desenho, e não soube apreciá-lo de verdade até ir embora de lá. Consegui uma vaga fixa no hospital e tinha vontade de adulterar a minha pessoa. Meu pai me educou para progredir e, com a mudança de bairro, estava convencida de que podia deixar para trás a Paula estudiosa, a que conhecia todos os pássaros, e me transformar em uma falsa pequeno-burguesa por ter um bom salário. Estava convencida também de que, de passagem, podia fazê-lo feliz. Em grande parte, as pessoas progridem para satisfazer desejos paternos. Ir morar num bairro acima da Diagonal foi como adquirir um novo status. Um falsificado, mas um status novo, no fim das contas. Não me interessavam as pessoas do bairro, nem pretendia me parecer com elas, pensava ser diferente e pronto. Trair minhas raízes para projetar uma imagem levemente melhor. Me permitir o luxo de passear por ruas limpas, encantada com as frivolidades passageiras, me provocava uma felicidade falsa que me caía bem. Muito antes, porém, quando mudar de bairro ainda não me era possível e apenas podia me permitir compartilhar o aluguel com uma tradutora de Cáceres, que tocava flauta transversal a toda hora, eu já transpassava com o olhar as varandas sobre vigas pequenas e com um parapeito metálico e me imaginava lá dentro, sozinha, com uma pequena moto desgastada estacionada no chanfro, que serviria para me deslocar comodamente até o hospital. Mas então um dia você se apaixona de verdade pela primeira vez na vida. Você é uma mulher de trinta anos. Secreta dopamina, serotonina e oxitocina e começa a ceder. Deixa para trás a moça de Cáceres com quem conviveu nos últimos anos e, para não pedir dinheiro para o seu pai, está disposta a compartilhar um outro apartamento, aquele de que você tanto gosta e que havia olhado outras vezes, com aquela simetria horizontal e vertical, o esgrafiado na porta de entrada e a sanefa que decora parte da fachada em tons rosados. O Mauro é enigmático, e inteligente, e te fascina. Você cede quando coloca a roupa de baixo dele na máquina de lavar junto à sua camisa de algodão preferida, quando dirige um carro ao invés de uma moto, quando viajam juntos para os lugares que até agora eram os seus pontos de fuga privados, quando conhece a família dele e lhe apresenta a sua, breve e anômala, mas você renuncia também a dar tantas voltas nas coisas.

Não claudiquei na hipoteca e alugamos o apartamento que nos acolheu desde o princípio e se adaptou à nossa maneira de amar sem estridências. Pensar que o Mauro era meu me dava muito trabalho e momentos de reflexão. Casar-se equivaleria a sermos donos de um apartamento, e não o fazer se pareceria mais a um aluguel. Tinha, então, um homem alugado, atento, com óculos e um certo ar antigo. Não sabia se eu gostava de tê-lo no sentido de possuí-lo, gostava dele no presente e ponto. Gostava das conversas, das coisas que lia para mim, de como se indignava com a política e como se envolvia com coisas que os outros não faziam, salvava plantas e animais e dava dinheiro para associações que defendiam a natureza. Do nosso quarto, costumava observar como trabalhava na varanda nos feriados. Em uma manhã de verão, depois de poucos anos de convivência, entrou no quarto, vindo de fora, com pequenas gotas de suor na testa. Estava com as unhas sujas de terra úmida e um rastelo na mão. Falou da volta das férias, do outono, de celebrar alguma coisa com os amigos, "Aqui mesmo", falou, "plantei morangos". Me lançou um olhar medroso que falava de compromisso. Você cede enquanto o amor secreta química e então o outono chega depressa demais, caem as folhas das árvores e cai um anel no seu dedo. Com um tempo prolongado de convivência nas costas, o cérebro guarda as últimas gotas de feniletilamina, um composto químico da família das anfetaminas que conseguiu me fazer aceitar a joia com graça e calar todo o maremoto de preocupação que se agitou dentro de mim. No hospital, tirava o anel assim que chegava e o deixava no armário com a bolsa e a roupa. A fragilidade dos recém-nascidos era a desculpa que transformava aquele gesto desertor em inocente. O anel como um círculo, como uma figura sem princípio nem fim. Como uma ameaça de matrimônio eterno. A Paula comprometida fechada à chave por umas horas. Anos mais tarde, ainda o usava, já sem notar, e, quando já havia deixado um pequeno sulco no dedo anelar, respondi duas vezes que não, que não queria me casar. Desistiu. Nos irritamos. Consertamos. Seguimos. A sanefa na porta de entrada, a varanda, a luz, o anel no dedo, a roupa de baixo de uma e do outro dando voltas sem fim e, aos poucos, o desejo escorre pela sarjeta e tudo se torna uma calma confortável, involuntária, totalmente maquinal. A joia guardada. Há pretexto suficiente para a medida, não combina, vou colocar só em algumas ocasiões, que seriam as que precisavam ser especiais, enquanto me sabia encurralada dentro do que chamam de normalidade, união estável, vida em comum. Cede-se tanto pelos dois lados, que já não se notam as costuras do vestido, que aperta contra a carne, como o anel, como uma síndrome de Estocolmo. Ninguém é culpável. Acontece e pronto.

ESTOU NA CASA do Thomas. Ele dorme. Deixo cair o olhar pelas ruas do bairro, em estado letárgico a esta hora da madrugada. As luzes de Natal já estão penduradas. Natal. O coração pula como um gole de leite azedo, mas o engulo de novo. Coloquei o anel de compromisso umas horas atrás, com a Lídia. Depois de tantos anos sem o usar, sinto o mesmo peso no dedo que no dia em que o Mauro me deu ele de presente. Mexo o polegar dentro da palma da mão para fazer rodar a joia que esteve guardada por tanto tempo, a acaricio, ela se adapta a mim sem problemas, como se ninguém nunca tivesse quebrado o círculo.

A Lídia esteve lá em casa umas horas antes. Acompanhei ela para fazer as compras de Natal. Se transformou em uma mulher previsível. Gostava muito mais dela antes, quando militava pelos corredores da faculdade ou improvisava expedições médicas para lugares remotos, onde não chegava nem luz nem água. Não digo isso para ela.

— Já pensou no que vamos fazer no seu aniversário?

— Ai, Lídia, não comece. Você vem jantar aqui em casa com o Toni e as meninas e pronto.

— Você se engana, linda. Vamos fazer uma festa como deve ser. E deixa para lá as meninas, as meninas bem longe, por favor. E o Toni, já veremos.

— Como você é maçante quando quer.

Subiu para casa resmungando de frio. Tirou e colocou uma jaqueta na frente do espelho três vezes. A cor não chegava a lhe agradar totalmente. Em um par de horas, ela me colocou em dia sobre um mundo que, de certo modo, deixou de me interessar. Me conta de aniversários, de filmes, de restaurantes, me envolve em discussões privadas que mantém com algumas mães de meninas da turma das suas filhas, de quem já está farta.

— Não lembra que te falei que aquela burra confundiu o cargo de representante de turma com o de vice-presidenta do Senado?

Deixo de escutá-la e fico matutando se eu seria capaz de saber quem é a representante de turma das minhas filhas hipotéticas. As minhas filhas hipotéticas teriam que me colocar em dia constantemente. As minhas filhas hipotéticas teriam que me fazer repetir toda manhã que eu sou mãe. Ela insiste que não aguenta essa fulana e que, quando a encontra na rua, num dia a cumprimenta e no outro não fala nada, mas para ela tanto faz, pois não está nada envolvida com o grupo da turma, que já tem bastante trabalho, mesmo que agora quatro mães queiram convencê-la a subir até Montserrat para colocar um presépio no último dia de aula antes das férias de Natal.

— E você acha que eu tenho cara de quem vai subir uma montanha para plantar o menino Jesus?

Saltava de um tema para o outro enquanto abria as sacolas com as compras. Ultimamente reclama de tudo, do trabalho, porque faz mais horas que um relógio, pois é, por fazer consultas o dia todo e atender crianças com um simples resfriado acompanhadas por mães histéricas que vivem o ranho como uma doença terminal. Reclama dos seus pais, que começam a esquecer se é na terça ou na sexta que têm que buscar as meninas na escola; reclama do marido, que, segundo diz, se tornou o que mais se parece um truque de mágica, agora está e agora não está; reclama das obras na sua rua; o café que está frio, a lã da blusa que está pinicando. Reclama. A Lídia é uma mulher cada vez mais irritável e me custa encontrar nela os rastros da segurança que me transmitia antes. Está irritada com uma vida que se comportou muito bem com ela. Há pessoas que brilham quando há conflitos para resolver, mas que, quando as coisas vão bem, murcham, se aborrecem e a aura que as fazia especiais se apaga. Não adianta muito não reconhecer que a amizade também envelhece, como os livros, como os filmes, que, de repente, parecem tão obsoletos. Mas não posso me permitir perder mais pessoas que amo, assim, me esforço para acompanhar o fio da sua conversa.

Ela me fez sentar na beira da minha cama. Provou em mim uma paleta de sombras que, segundo ela, ressalta o meu olhar enigmático. Olhei para ela com ceticismo, mas ela continuou, decidida. Também permiti que passasse rímel nos meus cílios e a edição limitada de um blush que tem o nome de Orgasm. Ela piscou para mim. Enquanto me deixava maquiar com os olhos fechados e o seu monólogo como trilha sonora imparável, me pegou pela cara com suavidade. O tato dos seus dedos sobre a minha pele fez com que sua voz se afastasse, difusa. Aos doze anos, quando me colocaram um aparelho ortodôntico, nos dias em que meu pai tinha encomendas pendentes que se traduziam em horas e horas fechado no escritório, ele me mandava ir sozinha para a consulta com o dentista. Compunha jingles comerciais televisivos e trilhas radiofônicas quando a música original na publicidade vivia um bom momento. Eu me acostumei a viver com o meu pai, mas, apesar disso, era uma tragédia que ele não me acompanhasse ao dentista. Nunca falei isso para ele, mas me dava pânico. Além da dor quando ajustavam o aparelho, torcendo o fio por trás dos molares, era a única menina da sala que não estava acompanhada e que aguardava trêmula e morta de vergonha que a auxiliar a chamasse pelo nome. Enquanto isso, observava todas aquelas mães jeitosas, algum pai de vez em quando, mas sobretudo mães, virando as folhas das revistas, impávidas dentro do círculo da sua normalidade e dando respostas mecânicas às suas respectivas crianças. Cheiravam bem, usavam pérolas e pulseiras que tilintavam quando arrumavam o colarinho de uma camisa mal dobrado ou amarravam o cadarço de um sapato. Eram mães doces, mães-escudo, mães-tigresa. Eram mães em uma sala de espera. Das consultas, porém, obtinha uma única sensação afetuosa que, com os anos, não reencontrei em nenhum lugar, talvez porque a necessidade de afeto diminuiu à medida que fui crescendo, mas o fato é que não me lembro de ter sentido, em qualquer outro lugar, a sensação de ternura das mãos das auxiliares sobre o meu rosto quando colocavam instrumentos frios na minha boca enquanto esperavam o doutor. Os dedos das auxiliares me comoviam pela delicadeza, me salvavam da pequena tragédia que se produzia a cada consulta. Meu pai se saiu bastante bem com seu papel de viúvo, mas nunca foi um homem fisicamente amoroso. Eu não sabia que precisava tanto daquele afeto mais direto até me encontrar imersa no cheiro antisséptico dos compartimentos do dentista. A Lídia me maquiou. Sinto seus dedos da mesma maneira.

— Paula... você dormiu? Escuta, onde deixo isso tudo? Fica muito melhor em você do que em mim.

Guardou o blush em uma gaveta da cômoda sem parar de falar pelos cotovelos e, de repente, emudeceu. Um silêncio parecido ao que se produz pouco antes de uma tempestade, quando os pássaros voam mais baixo e todos os animais que podem prevê-la fogem apavorados, nos apanhou.

— Paula, o anel!

Tirou o objeto da caixinha verde de veludo e, quando a fechou, o barulho das dobradiças diminutas soou como um trovão. Tempestade inevitável.

Um anel.

Uma varanda cheia de amigos.

Risos.

Cumplicidades.

Comíamos.

Bebíamos.

Ainda secretávamos.

As plantas cresciam exuberantes.

Decorávamos.

Celebrávamos.

Vivíamos.

— Deixei de usar faz uns anos. É que ficava muito pequeno — falei, fingindo desinteresse, mas olhando a joia pelo canto do olho.

— Você acha que eu não tinha reparado? Sempre achei precioso.

Um solitário, um pequeno diamante redondo, sóbrio e elegante. Tem razão, é precioso.

— Coloque de novo, Paula.

— Mas como assim? — protestei.

Nos olhamos. Primeiro conto doze pintas no seu nariz para evitar me exaltar, mas ela me procura e aqueles olhos azuis se tornam um espelho. Me vejo sozinha, sem filhos, sem cachorro, sem nem plantas, segurando um anel que, fechado dentro da caixa, não é nada, e, apesar disso, se tentasse ir além, se continuasse decifrando os matizes do azul no seu olhar, o anel no dedo me posicionaria, me faria ocupar um lugar, me economizaria explicações incômodas. Como efeito prático, o anel me escarraria um nome: viúva.

— O Mauro te amou muito, Paula. Todo mundo tem uma crise existencial, ainda mais nessa idade. Você era a mulher da vida dele.

— Lídia, não siga por aí.

Mas ela segue. Tira uma pequena borla de lã que apareceu na blusa e a faz rodar entre dois dedos enquanto fala "daquela moça", que não teria durado nada, e eu me arrependo de ter contado para ela da existência da bailarina e por dentro conto quanto tempo é "nada", se todos os meses que ficaram juntos podem ser considerados "nada", se todos os planos de futuro guardados no celular do Mauro cabem dentro do "nada".

— Falei com o Quim pelo telefone — cuspo como um catarro para frear a sua vontade de organizar uma vida que, para mim, já não existe mais. O mar dos seus olhos parece que se acalma. Ela sorri e levanta uma sobrancelha, com curiosidade. — Talvez nos vejamos no fim do ano.

Aparecem clarões no seu olhar e, apesar de tudo, volto a ter palpitações. Já faz dias que tenho. O meu corpo se transformou em uma carcaça blindada capaz de atacar as trincheiras para seguir em frente, mas, a cada batalha que termina, descubro uma pequena ferida interna que me debilita e põe em evidência a minha resistência decrescente. Me pergunto até quando durará a guerra e até quando seguirei de pé.

É NOITE FECHADA. Urge escapar, fazer avançar as horas débeis, invocar a primavera, fazer-se a luz, ir para o trabalho. Levei o notebook para o sofá, estou de pijama, ainda mantenho a maquiagem intocada como se fosse uma palhaça no camarim depois do show. Uma palhaça com um anel no dedo. Tomo vinho, segunda taça. Tento lembrar se antes bebia com a mesma assiduidade. Sei que não, que não bebia tanto, mas pretendo simular que a dúvida me assalta. Quando se está sozinha, é importante manter certas doses de diálogo consigo mesma, se colocar entre a espada e a parede, não se permitir tudo. Cinco minutos e o álcool já está no sangue. O plano é ficar deitada aqui e deixar que o etanol deprima o sistema nervoso central, me faça adormecer e diminua a intensidade das minhas funções cerebrais e sensoriais, mas o plano falha, um pouco como tudo ultimamente, e decido ceder à curiosidade e escrever a palavra viúva no Google Imagens. Esbarro basicamente com dois estereótipos: senhoras velhas, tristes e solitárias, algumas vestidas de preto, não todas, e mulheres jovens atraentes, devoradoras de homens que anunciam ao mundo que estão de volta no mercado. Parece que há duas maneiras válidas de encarar essa nova etiqueta vital, mas nenhuma das duas tem sentido para mim. Me lembro vagamente de uma outra viúva, uma planta da qual o Mauro e meu pai falavam em uma tarde, quando fomos de excursão pelos arredores do mosteiro de Sant Pere de Rodes, e também pesquiso isso. Encontro. Posso ver os dois conversando de bermuda e mochila, apontando para aquela flor de cor rosa violácea com umas arestas compridas abertas em estrela, e eu sentada em uma mureta esperando impaciente para poder chegar a tempo de tomar um banho na Platja de les Clisques antes do pôr do sol. Não tinha como saber então que levaria o nome de uma aranha ou de uma flor bordado em uma legenda invisível na minha pele.

Acabo com o vinho de um gole. Leio as manchetes das notícias por cima, mas não consigo ir além. O mundo deixou de me interessar. Releio alguns e-mails de trabalho e abro as fotografias que meu pai me envia da paella que fez no domingo com os amigos. O meu presente é um deserto.

PEGO A GARRAFA DE VINHO, uma outra taça e as chaves. Subo para a casa do Thomas de supetão.

— Olhe para mim. Tenho cara de viúva?

— It's fucking late, Paula! Come on in...

O seu apartamento está com cheiro de tabaco. Pergunto se o exaustor funciona bem. Ele coça a cabeça e, arrastando as palavras, meio adormecido, me pergunta o que prefiro que responda primeiro, a questão da minha aparência ou o assunto do encanamento. Está despenteado e uma risada me escapa. Gosto dos seus cabelos impossíveis de formalizar. Assopro sua franja. Murmura alguma coisa que não consigo entender enquanto tira de uma capa um vinil de Stevie Wonder e, com extrema delicadeza, segura a agulha do toca-discos e a deixa cair suavemente sobre o círculo. Ofereço a taça de vinho. Produz-se o processo de leitura do disco e a fricção nos presenteia com o som da agulha deslizando pelos sulcos da superfície. Pergunto por que tivemos que dispensar um ruído dessa envergadura na evolução da nossa espécie. Estamos de acordo que esse som deveria ser guardado em um museu.

Brindamos por isso. Preocupado, ele me explica o que já sei sobre o contrato de aluguel que termina logo e que não pode renovar, porque o proprietário tem uma filha que vai casar e quer dar o apartamento de presente para ela. Olhamos o espaço que nos cerca em silêncio. Faço um carinho nas suas costas e prometo que irei visitá-lo onde estiver. Passa o tempo e, cheios de vinho, dançamos *Part-time lover* sentados no sofá. Movemos o tronco e as costas, os braços e as mãos, mas estamos exaustos e incapazes de nos levantarmos. Ele está com os olhos vermelhos. Sei que aguenta por mim.

Somos dois adultos que, como tantos outros, ficamos de fora dos circuitos familiares, fora das maternidades, das paternidades, dos casais. Dois adultos que vivem sem estarem intimamente comprometidos com um outro ser humano. Somos livres ou talvez prisioneiros da nossa liberdade. Sei que a mulher loira das calças de couro dorme aqui algumas noites, só algumas. É o Thomas quem escolhe quando ter companhia e quando continuar como uma alma solitária na cidade grande. É o que farei a partir de agora? É o que teria feito se o Mauro ainda estivesse vivo? O Thomas escolheu ficar sozinho, e eu, por outro lado, que não queria renunciar à solidão, topei de repente com uma pessoa que encheu tudo, mitigou a individualidade com a qual eu acordava toda manhã, e aprendi a me adaptar à minha própria contradição. Compartilha-se um beijo, um canto privado, uma confidência, um apartamento, e acaba-se compartilhando toda uma vida. Até aqui tudo está nas nossas mãos, de uma maneira ou de outra temos o controle da inércia, até que o acaso intervém e deixa na sua passagem apenas um monte de lembranças tergiversadas e a impotência de não poder voltar atrás nem continuar em frente. A minha solidão não pode ser como a do Thomas, porque de mim se espera uma mudança, chapa e pintura sobre o arranhão que a vida me fez nas costas.

Quero me esconder aqui, com o peso do vinho nas pálpebras, onde tudo está velado pelo cinza esbranquiçado do tabaco de um amigo solitário que me faz escutar um vinil atrás do outro de músicas dos anos oitenta.

Quero ficar com o Thomas que faz cafuné nos meus cabelos e me fala que está com sono, que amanhã tem que acordar cedo e que, se quiser, posso dormir no sofá.

Peço mais uma vez com olhos suplicantes e ele me conta de novo a história que tanto gosto, de como deixou tudo em Nova Iorque e pousou nesta cidade com os bolsos vazios, apenas impulsionado pela leitura de um romance de Juan Marsé. O Mauro amava essa história. Gosto de ser eu quem agora a escuta e, de novo, me ocorre que talvez seja isso o que querem dizer quando comentam que você pode notar os mortos, que é dentro de si que se pode manter os outros vivos. O Thomas fala de famílias por livre escolha, de quilômetros de distância, de renovar-se ou morrer. Cessa o relato por um instante para conferir se meus olhos se fecham e sussurra: "You don't look like a widow, you just look like a beautiful zombie".

E adormeço ali, sorrindo, em um sofá da cor de canela, embaixo de uma manta de higienização duvidosa. Durmo profundamente, um par de horas, talvez, até que o som da chuva na rua me acorda. Olho para os prédios lá fora, quase todos com as janelas pretas, apenas um par debilmente iluminado. Estar sozinha deve ser isso. Me assusta me sentir bem com a solidão, porque revela o desejo que tinha antes de conhecer o Mauro, revela que posso sair dessa. Sentir-se sozinha gera uma emoção diferente, um convite à vitalidade e à resistência. O mundo é de quem é valente, digo para a medrosa refletida no vidro. Volto para casa disposta a aproveitar a cumplicidade inesperada dessa descoberta. Tiro o anel do dedo e guardo na caixa. Agora para sempre.

11

O Eric revisa o crânio do Mahavir e também toda a parte visceral da criança, que ocupa metade da palma da sua mão de adulto. Maneja o menino com as mãos, muito devagar, e toca nele com extrema delicadeza. Não tiro meus olhos de cima. Fizemos quatro sessões e ainda não confessei que reconheço que a distensão abdominal melhorou e que, nos dias em que ele o trata, o Mahavir vira um mar calmo. Mas o osteopata de tórax proeminente quer ir além das cólicas e me explica que ainda precisa examinar os mecanismos potenciais através dos quais a estimulação da pele pode trazer efeitos benéficos, tanto fisiológicos quanto psicológicos. Reparo que acho difícil sustentar seu olhar e preciso arrumar meus cabelos com frequência ou aproximar a mão da nuca, como se não prestasse muita atenção. Enquanto ele pronuncia "impacto positivo", eu coço uma parcela de pele atrás da orelha, que na verdade não coça nada. Perco um pouco o controle quando o observo concentrado, com as mãos dentro da incubadora, tratando o Mahavir como se pudesse desintegrar-se de um momento para o outro entre os dedos. A intensidade com que trabalha me espanta, sinto uma forma de inveja. Ele usa umas pulseiras velhas e desgastadas, de corda, de couro, de homem de trinta anos do Athletic Club de Bilbao, com um avô paterno basco que ainda vive em Getxo. Nasceu em Barcelona, mas lembra do campeonato de 1982-83 sobre os ombros do avô, aplaudindo os jogadores desde a Ria del Nervión. Conta isso fechando os olhos, com um ar de aparente vulnerabilidade, ainda agarrado com força ao vínculo com um avô e um time de futebol. No Natal, vai viajar para o Marrocos com quatro amigos. Não reservaram hotéis e vão um pouco sem fazer planos, de mochila, diz. Deixem-me ir, penso com desespero, mas me limito a dar uma olhada no monitor. Não usa aliança no dedo. Tem a pele bronzeada, mesmo sendo quase inverno, e seus cabelos ondulam um pouco na nuca, como se ainda fosse um menino. Um halo de triunfo o rodeia, de criança mimada que se sairá muito bem na vida, de alguém acostumado a alcançar objetivos e a quem seu pai e sua mãe fizeram crer que é o melhor desde a creche, com uma mistura de ternura e disciplina que poucas vezes se dá. Em algumas horas, saberei que pratica remo no Canal Olímpico e encherá o espaço que separa nossos rostos com palavras como bombordo e estibordo. Terá cheiro de chiclete de hortelã para tentar disfarçar o de tabaco, mas isso será mais tarde. Agora manipula o Mahavir dentro da incubadora em silêncio, até que se vira e volta a procurar meus olhos.

— Você acha que hoje poderia trabalhar na zona do diafragma? Está muito tenso por causa do choro contínuo e acho que eu poderia relaxá-lo. Já sei que você me falou não muitas vezes e...

— Faça — digo com uma dose de simpatia esporádica.

Me olha surpreso e sorri agradecido e eu pigarreio. Volto a coçar atrás da orelha, onde não coça nada, e, por fim, escondo as mãos nervosas nos bolsos do pijama e já não falamos mais nada.

O dia começou a se dissipar. Há uma neblina que cobre os canteiros da frente do hospital com uma luz azulada. Quando estou a ponto de entrar no carro, vejo o osteopata ao lado da saída do estacionamento. Tenta acender um cigarro enquanto se protege do vento, fazendo uma concha com a mão, o rosto inclinado, os olhos semicerrados pelo calor da chama. Penso na minha cozinha vazia e arrumada, na comida insossa, no barulho da geladeira. Me lembro da bailarina e fantasio sobre como devia ser o primeiro passo para se aproximar do Mauro. Fecho o carro e me aproximo do osteopata sem saber bem onde vou. Só quero sentir a mesma ousadia que ela.

— Ei, Eric. Vi você aqui... de lá. — Viro para apontar o carro e me cai a ficha do ridículo do gesto e da frase. Isso não parece lhe importar. — Você quer carona?

— Não, tranquilo. Vou de moto. Mas obrigado.

— Então, vamos comentar na próxima sessão, mas eu queria te adiantar que, mesmo que muito leves, notei melhoras no Mahavir.

Seu olhar se ilumina. Solta a fumaça, girando um pouco o rosto e torcendo os lábios para a esquerda, sem deixar de me inspecionar com alegria. Faço um resumo sobre as mudanças nas constantes do menino.

— Puxa! Assim você me deixa feliz.

Me explica um estudo feito com chimpanzés separados da mãe por uma tela transparente, uma situação similar à da incubadora.

— Os chimpanzés podiam ver, ouvir e cheirar sua mãe, mas não podiam tocar nela. — Tira um fio de tabaco da ponta da língua com o dedo mínimo. — O estudo informou sobre uma ativação crônica do eixo HPA e só quando as relações de contato físico com outros filhotes foram introduzidas — faz uma pausa para soltar a fumaça mais uma vez — que os que tinham sido separados da mãe pela tela começaram a se desenvolver normalmente.

Não conto que li esse estudo umas quantas vezes, deixo que pense que seus conhecimentos me impressionam. Imagino a tela transparente e escuto os gritos agudos dos filhotes inquietos procurando inutilmente o contato com a mãe. Olhe-a, cheire-a, escute-a, mas não a toque. Não te abraçará. A crueldade da transparência. De repente me parece insuportável. Pego seu braço e lhe pergunto se tem algo para fazer, quero dizer, se vamos celebrar isso do Mahavir ou fazemos alguma coisa.

Ri quase sem fazer barulho e se amplia seu halo limpo, como se não tivesse pressa ou não lhe surpreendesse nada a minha reação. Vejo ele mais novo do que nunca e, pela primeira vez, aguardo uma ordem dele, que tome uma decisão, que os papéis se invertam. Esmaga o que resta do cigarro em um corrimão de ferro forjado e se afasta de mim uns passos para jogá-lo no lixo. Nessa distância se desenha o final que daremos à noite.

— Onde você gostaria de ir?

É então que botará o chiclete de hortelã na boca e que me aproximarei morta de vergonha da sua orelha para sussurrar que não sei, mas que estou com frio. Seguir uma moto até Sants e achar uma vaga de primeira. Subir as escadas tortas, beber uma cerveja de lata em um apartamento onde não estive antes. Há um aquário iluminado com uma lâmpada fluorescente e um remo pendurado na parede, uma estante com bem poucos livros e com coisas pequenas colocadas com afã: dados, bolas de vidro, troféus, um cubo mágico e uma fotografia da graduação.

— Não esperava visitas, desculpe a desordem.

Digita alguma coisa no celular e em seguida imagino um holograma, de onde saem os quatro amigos rindo do comentário do Eric sobre ter levado uma mulher madura para casa. Defina "madura", falarão rindo. "Não sei, quarenta e poucos", e seguramente com quatro emojis vão me transformar na piada do ano e, no alto de uma duna, quando tiverem atravessado o Atlas, vão querer saber se a experiência é um plus e ele vai mandá-los catar coquinhos, enquanto pega um punhado de areia fina e fria na madrugada do deserto e a lança neles entre gritos e risadas de homens cheios de grumos adolescentes. Antes que a sombra continue a me guiar pelo caminho da autodestruição, tiro minha calça jeans, minha blusa de gola alta, uma camiseta de alça, as meias e a roupa de baixo. Fico toda arrepiada. A manhã, quando botei a roupa que agora está jogada no chão, fica longe como se fosse um outro dia, que não pode ser o mesmo que este de agora.

— Me explica aquilo do efeito terapêutico do tato.

Me olha com olhos atentos e ri coibido, porque não sabe que estou lhe pedindo de todo o coração, e então tudo vira um nó de carne e pele e línguas e não saímos em nenhum momento daquela sala pequena, e fazemos sexo sobre o sofá, onde ele seguramente come sushi de jantar, feito em um restaurante chinês, e onde deve passar horas brincando com o celular. Ele se mexe rápido demais e o sofá é estreito demais, mas serve, digo para mim que sim, que como estímulo serve, Paula. Ele te quis, mesmo que seja apenas para essa trepada. Toco nele para me assegurar que está ali, porque não sinto nada. Pego sua bunda, coloco minhas mãos com força nas suas costas, a sua respiração é mais intensa e agora emite uns gritos agudos e ofegantes. Nada de nada. É fumaça de hortelã e cinza. Goza depois de poucos minutos e deixa cair a cabeça pesada entre os meus peitos e, naquela distância de antes no estacionamento, naquele espaço entre onde eu estava e o lixo, já fora combinado que agora não haveria demonstrações de afeto, que daquele peso da cabeça contra o meu corpo transluzia a sua inocência e a minha culpa, já fora combinado que eu imaginaria que o Mauro estava vivo e que poderia ter assistido a cena toda, e que olharia para ele com ares de vingança, tão sozinha e tão vazia. Naquela distância, já fora combinado que eu teimaria em voltar para casa e que essa noite sonharia com os filhotes de chimpanzé estendendo as mãos pequenas contra a tela transparente, guinchando de solidão para poder tocar a mãe, histéricas pela falta de tato, desesperadas e castigadas sem abraço.

Você ficou como uma tarefa pendente para resolver, essa é a energia, como a daquelas listas intermináveis de coisas pendentes que você sempre fazia e para as quais nunca encontrávamos o momento, lembra?
- Organizar o arquivo de fotos.
- Colocar no débito a conta do estacionamento.
- Comprar verniz para restaurar a mesa da sacada.
- Chamar o encanador por causa do barulho do extrator.

Na mesma lista, acumulo as censuras que nunca mais te farei e as que faço para mim mesma, e deve ser normal essa pressão no coração, cheia de queixas e lágrimas. Quando te odiar não funciona e tenho muita vontade de chorar por você, aguento fazendo força com a musculatura do pescoço, assim não sucumbo aos ânimos aos quais a dupla tragédia obriga. Repasso toda a musculatura do pescoço em voz baixa, até te transformar em uma lâmina fria de anatomia para me afastar de você aos poucos: esternotireóideo, esterno-hióideo, esternocleidomastóideo, repito em sequência, sem parar, mas você sempre volta, com a lista de coisas pendentes na mão e usando seus óculos.

Da cama, olho para a sacada abandonada. Foram morrendo todas as plantas. Como você fazia, Mauro? Regá-las não deve ser o bastante. Você falava com elas. Não fazia isso abertamente, nunca na frente dos outros. Você dizia que falar com as plantas era um ato íntimo e transformador, um ato de fé para aqueles que não acreditam em milagres. Levanto, respiro e anoto na lista: "Aprender a falar com as plantas".

12

Hoje de manhã o céu tem franjas coralinas. Vi o sol sair aferrada a uma caneca de café, na esplanada atrás do saguão do hospital, quando se passavam dois minutos das oito e quinze. Venho em muitas manhãs, caso tenha trabalhado de noite. É gostoso aqui e, a esta hora, não há ninguém, salvo algum funcionário que sai para enrolar um cigarro. O Eric sai frequentemente para fumar, mas a partir de agora seremos cuidadosos para não coincidir fora da UTI. Não resultamos amantes dignos de elogio. Não há arrependimento nem desejo de repetir. Não há nada, de fato. Evitamos nos olhar e focamos em terminar a pesquisa, nos concentramos no poder de umas mãos que foram capazes de introduzir mudanças positivas nos pacientes, mas que tremeram medrosas sobre os meus peitos e entre minhas coxas. Sou como um sismo que assusta. Será fácil nos esquecer.

Daqui se vê toda Barcelona, de leste a oeste, e a primeira luz do dia tinge os prédios de cor de prata. Daqui, os barulhos da cidade grande se agrupam em um único fragor que às vezes parece que me chama a me distanciar do hospital, mas ainda não quero ir embora. Tenho uma ligação perdida no celular. "Mãe Mauro", o celular me avisa mostrando o número um de cor vermelha em cima do ícone do telefone. Faz tempo que não penso em mais nada. O vermelho é fácil de ver e, na natureza, representa uma cor de aviso, de alarme ou perigo. O sangue nas mandíbulas das leoas que caçaram ferozmente pelos seus filhotes. Se for embora do hospital, vou me sentir obrigada a logo retornar a ligação, se ficar mais um tempo, postergo a dor de barriga e tenho margem para imaginar possibilidades. A primeira que me vem à cabeça é que mais alguém da família morreu, talvez a irmã, de um câncer nos ovários, ou um avô, de um ataque cardíaco. A repetição do horror é uma possibilidade da qual não consigo me desvencilhar. Tento manter a calma, mas, mesmo assim, decido prolongar minha estadia aqui mais um pouco.

Hoje de madrugada tivemos um parto complicado. Hipóxia severa. Manteremos a recém-nascida com hipotermia moderada e monitorada durante alguns dias. Quero dar uma última olhada nela antes de ir para casa. Bom pretexto, me digo. Não sou eu quem deve falar com os pais, mas não consigo tirá-los da cabeça. Ontem, quando passei pelo quarto antes do parto, a mãe me mostrou uns brincos diminutos com forma de flor. Tinha o olhar cheio de expectativas e ternura. Umas horas mais tarde, no olhar só restava estupefação. Me pergunto como combinam dois conceitos tão díspares como o de flor de ouro branco e brilhante no meio e o de encefalopatia hipóxico-isquêmica grave. A vida é assim, um dia te mostra o céu manchado de rosa e no outro já é noite de um breu só.

— **VÁ PARA CASA,** Paula. Você está com cara de cansada. — A Teresa, a médica adjunta responsável pelo acompanhamento da menina, me examina o rosto medicamente. Deformação profissional, aqui cuidamos uns dos outros assim. — Falei com os pais, a menina está estável. Pode ir tranquila.

— Está bem. Troco de roupa e vou embora. Que o dia seja leve.

— E você faça o favor de dormir um pouco, viu? Ah, a propósito, escuta! — ela grita sem parar de caminhar. — Você vai ao jantar na quinta, não é?

Jantar. Quinta. Guardo o dado na cabeça e, quando a Teresa vira e segue pelo corredor, fazendo saltar seu rabo de cavalo, despreocupada, entro na UTI às escondidas.

A menina dorme sem brincos, os lóbulos diminutos e intactos como duas lentilhas vão ter que esperar. Está adornada com outras joias preciosas, os adesivos colados no peito, as bombas de infusão e o eletrodo com luz vermelha no pé. Volta o número um vermelho à minha cabeça. Terei que ligar. Chamaram ela de Alberta. Seu pai me conta que sua bisavó também se chamava assim. Não esperava encontrá-lo aqui. Toda vez que me olha, noto como me suplica com os olhos com olheiras que lhe diga que todas as possíveis sequelas, que a Teresa já deve ter explicado, não a afetarão. Evito o contato ocular, porque estou muito cansada e não me sinto capaz de dar o apoio que necessita alguém a quem acabam de revirar o futuro. Me incomoda que não se afaste nem um segundo da incubadora e não me deixe me concentrar. Simulo que reviso o respirador e digo que está tudo em ordem. Avanço até onde está o Mahavir.

— Oi, príncipe — sussurro rente ao vidro.

Está acordado. Estica os dedos das duas mãos com pequenos espasmos e faz uma careta das suas. Reviso as folhas de controle. Faz apenas uma hora e meia que terminei o plantão e já tiveram que colocar de volta o CPAP. Bufo.

— Não faz isso comigo, menino. Tínhamos combinado que faríamos o nosso melhor, não é?

Volto a cobrir a incubadora com a manta que o protege da luz e escapulo desapontada pela porta por onde entrei faz um momento. Topo de cara com a Pili.

— ¿Qué haces tú aquí? ¿No has trabajado esta noche?

— Ei, Pili... Que susto! Eu já ia embora. Escuta, gostaria de fazer uma ecocardiografia no Mahavir nesta semana. Quero descartar uma outra vez a hipertensão pulmonar.

— La ecocardio no es urgente, ¿verdad? Además, no me la pidas si antes no lo habéis acordado entre todos, que luego me volvéis loca con las peticiones. Ay, Paula, de verdad. Ve a dar un paseo o a desayunar frente al mar, que te toque un poco el aire, hija, pero sal un poco de este hospital.

Põe suas mãos roliças nos bolsos do pijama e me dedica um olhar entre compassivo e de repreensão. Fico toda corada. Não sabia que se notava tanto. Não tenho onde cair morta. Ninguém me espera.

Eu diria um monte de coisas para a Pili, se tem cinco minutos, se quer sentar comigo um momento nos bancos da entrada, que estou desanimada, se acha que a previsão a curto, médio e longo prazo fora das paredes deste hospital sempre será de aborrecimento absoluto. Se acha que sou uma mulher chata. Se acha que já dá para ver muito os cabelos brancos que começaram a aparecer sem piedade. Se sabe o que deve querer a mãe do Mauro, se poderia ligar para ela por mim, se poderia me dar um abraço, mas me limito a perguntar sobre o jantar.

— Vai vir ao jantar na quinta? — Forço um sorriso para cortar completamente sua reprimenda.

— No lo sé. Estoy mayor para vuestras movidas. Además, siempre me liais y acabo yo sola cantando en el karaoke.

— Se você não vai, eu também não. — Pisco e deixo ela resmungando alguma coisa enquanto lava as mãos antes de entrar na unidade.

Penso no último jantar com os colegas de trabalho e não posso deixar de rir. Estou sozinha na frente do armário, trocando de roupa, e me lembro deles dançando no balcão do bar do tio da Vanesa. Quanto mais busco conter o riso, mais me custa segurá-lo. Fizemos a Pili subir no balcão. Me viro. Não há mais ninguém. Aqui, toda sozinha, rindo às gargalhadas, me sinto a pessoa mais estúpida do mundo. Quem ri estando sozinho? Imagino um riso enlatado, como aqueles dos programas televisivos, que têm como missão provocar o riso do espectador por contágio. Um riso que ri de mim. Fecho o armário e nego com a cabeça. Não tenho motivos para rir, mas diria que tenho direito. E se eu estiver enlouquecendo? Depois dos atentados do 11 de setembro, em Nova Iorque, havia o sentimento de que a comédia morrera e que ninguém seria capaz de rir nunca mais. Os comediantes estavam confusos, os clubes de comédia fechavam e ninguém sabia quando voltariam a abrir. Os apresentadores dos programas de entretenimento literalmente deixaram de contar piadas e a sensação generalizada era de que nada voltaria a ser igual. Mas, com o passar dos anos, até se contavam piadas sobre os atentados, assim, aos poucos, a tragédia passou a fazer parte da diversão, um simples mecanismo de defesa contra o horror, uma miserável tentativa de sobreviver.

Rio com a lembrança embaçada da mesma noite, do duo que fizemos com a Marta no caraoquê, e sinto que há uma linha ultrafina que separa esse riso da dor, a comédia da tragédia, a semipaz de agora com a possível guerra que virá depois da ligação. "Mãe Mauro". O número um bem vermelho como um coração a ponto de explodir. Ligo e aguardo. Melhor fazê-la daqui. O hospital me serve de escudo para o que possa acontecer.

As primeiras palavras que ela pronuncia são "Pauli, querida, que bom que você ligou". Agora que deduzo que não morreu ninguém, pelo ridículo do meu nome e por esse A que alça para cima e que não deixa cair para o inferno, o coração se ajeita e volta a palpitação auricular intermitente. Atividade elétrica do coração. Se me tocam agora, verto eletricidade. Queria saber como estou, a mãe do Mauro continua do outro lado do telefone, como levo isso tudo, pois eles estão destroçados. Essas datas que chegam, linda, você sabe. "Hmmm" é o máximo que consigo pronunciar entre uma frase e outra. Ao longo dos anos, nas poucas vezes que falei com ela ao telefone, imaginei uma combinação mitológica de torso de mulher e cabeça de periquito verde, meio *Melopsittacus undulatus*, mas com os peitos proeminentes e a obliquidade das pernas, calcanhares dos pés separados e joelhos quase se tocando. Do bico brota tragédia e, de repente, inicia um choro que não sei como fazer parar.

— Escute... — digo, adotando uma atitude protetora com ela. — Vamos, Rosa, não chore, por favor. O Mauro não iria querer te ver assim, viu?

Me ocorre de repente que durante esses meses devo ter repetido alguma coisa similar para mim mesma, que talvez seja por isso que não choro, mas a reflexão tem mais gosto de hipótese que de revelação. Os sons nasais da mãe do Mauro se multiplicam por dez através da carcaça do celular, o choro se desfaz em uma tempestade de pedras dentro do alto-falante, que tenho que afastar da orelha para não machucar. Ela se acalma, se desculpa, toma ar e depois solta aquilo:

— Pensamos que gostaríamos muito que você viesse aqui em casa em algum momento no dia de Natal.

Vejo a frase comprida escrita com giz sobre o verde do quadro e eu de costas, lutando para determinar sua estrutura, os componentes e as funções. As letras nunca foram o meu forte. É um algoritmo para decodificar, uma armadilha. Eu me perdi e não faço a menor ideia de quem forma o sujeito de um predicado que já sei com certeza que não existirá. Fecho os olhos e me sento no chão. Não recupero a capacidade de falar, então ela continua com aquelas emissões canoras de sons característicos que variam de intensidade e potência. Igual aos periquitos, o tom se torna mais intenso e excitado, ensurdecedor quando se sentem em perigo. Sabe que tudo indica que receberá um não como resposta. Por que se expõe tanto?

— Rosa, olha, é que vou estar fora de Barcelona, e terminaremos tarde e não quero que vocês estejam em função de mim.

Vão me esperar, diz, que é festa e não terão pressa, que estão com vontade de me ver, repete, e que quer me dar um monte de coisas que ela guardava caso alguma vez nos casássemos. E que, além disso, linda, temos que te contar uma coisa: meu marido fez umas gestões e, ainda que não haja testamento, há uma pequena herança, e como não há descendentes e nós não vamos fazer nada com isso, você herda, já falaremos qual é o dia que é preciso ir ao cartório. Ao cartório? Digo, sem ar. Sim, querida, você tem que assinar uma declaração de herdeiros. Você será a herdeira. Meu coração para. Me sinto abatida, esgotada, e ela não cala a boca. Umas colchas de uma avó que fazia renda, umas taças de cristal da Boêmia e uma quantidade em dinheiro que o Mauro havia economizado. Hiperventilo. Mordo minhas bochechas por dentro. Não faz sentido algum. Um outro nome, herdeira, um nome que me deixa muito brava com ela. Não tem nenhum direito de me chamar assim, nunca respeitou meus desejos, nunca escutou aquilo que para mim era tão difícil de fazer, falar para eles em uma linguagem quase infantil para deixar claro que não haveria casamento quando, no meio de almoços de domingo, me colocava contra a parede se ficássemos nós duas sozinhas na cozinha ou na frente de todo mundo enquanto cortava o tortell. Vocês deveriam se casar, querida, falava à queima-roupa e, à medida que a faca abria caminho por entre a massa folhada, insistia: você não está ficando mais nova. Abria minha ferida e fazia brotar a nata como meu arrependimento por estar lá, rodeada por um ambiente que nunca havia pedido e por um conceito de família tradicional que eu não queria nem compreendia. Me tranquiliza saber que a atitude invasiva da mãe do Mauro foi uma aliada da nossa derrota, nem tudo devia ser minha culpa. Não sei como, consigo um pouco de ar, o bastante para articular palavras que teriam que ser severas.

— Não quero essa herança, Rosa. Não será preciso assinar nada e, escuta, sinto muito, de verdade, mas no dia de Natal, então, não, não vou.

Pedras na orelha outra vez, assoa o nariz, escuta-se alguma coisa parecida com "Já sabia, sabia que você não ia querer". Clique. Desligou. Desligou o telefone! Estou a ponto de retornar a ligação, indignada, para dizer que não é preciso ficar brava, mas a colcha me vem à cabeça. Uma colcha, falou, e taças de cristal. Paro. Não ligue, Paula. Caso alguma vez vocês se casassem. Faz anos que tento me livrar dos seus caprichos, e não conseguir isso, nem agora que o seu filho é uma distância eterna, me parece um castigo que não mereço.

SENTADA NO CHÃO, vejo o pó embaixo dos armários. Borlas cinzas como tufos de um dia nublado. Na quinta, irei ao jantar e rirei. As sobras da vida, cada pessoa as esconde lá onde puder.

Diz a Marita, com seu sotaque colombiano costeiro que debilita os s, que "A veces cuando plancho la ropa en el dormitorio noto la presencia del señor Mauro".

Hoje chegou com uma carta do seguro social nas mãos. Não sei por que deixa as unhas tão mal pintadas com esse rosa fúcsia. Se não pintasse, poderia tê-las tão desarrumadas quanto seu caráter levado quisesse, mas a questão é que as pinta e, ao invés de tirar o esmalte quando estraga, vai deixando que se raspem e degradem para mostrar toda sua miséria. Você a contratou no seu nome, Mauro. É preciso fazer a mudança. Diz que "me da cosa ver el nombre del señor en las cartas", e que "A los muertos es mejor librarlos de los asuntos terrenales". Ainda fala de você como "señor", e você sabe tão bem quanto eu que nunca vai deixar de fazê-lo. Já cansei de dizer que não gosto, que me incomoda, mas ela continua igual, como com as unhas, essa necessidade de me fazer sentir mal e de marcar classes e distâncias. Agora o que eu faço, Mauro? Sem as suas camisas, as suas refeições, as suas manias de ordem e arrumação, a Marita é um gasto desnecessário, e você já sabe como me irrita se estou em casa. Não cala a boca. Não entendo essa história que me explica sempre, de um homem que ama e que a espera em Tubará, em uma roça de mandioca, enquanto ela limpa todas as horas do dia para alimentar esses filhos que lhe saem por debaixo das pedras. Um dia você me jogou na cara que eu a tratava com desprezo, que a Marita tinha uma vida de novela, com um amor de novela. É ela quem me despreza, acredite. A ti, no entanto, te adorava, e ainda te adora. Você queria me dizer alguma coisa com isso de amor de novela? Que o nosso talvez não fosse? Quando deixei de te escutar, de te dedicar atenção?

No princípio, me deixava os bilhetes que você tanto gostava. "Falta limpiacristales, detergente y lejía. El viernes haré los cristales si no llueve, pero su padre ha llamado y dice que vienen tormentas". Mas atinge a transparência, praticamente vivo no hospital, aqui durmo, transito sem sequer tocar o chão, não sujo, não consumo. Estou bem provisionada de produtos de limpeza, tenho para dar e vender. Tudo está quieto, Mauro, ou talvez seja eu que não me atrevo a mover uma folha só. Cinquenta gramas de vagem não sujam e viraram a medida da emoção do meu dia a dia.

—¿Usted no lo nota? Justo ahí, junto a la ropa del armario. Quédese tranquila porque él cuida de usted.

Poderia dar um soco nela, Mauro. Calaria essa boca a golpes de alpargata. Digo para ela que você já não era meu? Relacionam a bailarina contigo e lhe deixam o peso da sua ausência ao lado do armário? Mas não é por isso que bateria nela. Bateria nela até que me assegurasse cem por cento que te sente e te nota, porque tenho certeza que faz isso e que não tira sarro de mim. Eu não sinto nada. Não te sinto, nem te noto. Gostaria de mandá-la embora. Não preciso mais dela, você não vê? E agora vem com as unhas nojentas e com os olhos úmidos, me fala que te nota do lado do nosso armário, e sei que com certeza farei a mudança do nome e, de passagem, farei um contrato indefinido, porque, enquanto ela te sentir de alguma maneira, me esforçarei para te sentir eu também.

13

Novidade número um deste Natal estranho: vamos passá-lo em La Selva de Mar. A ideia de andar quilômetros e mais quilômetros por uma estrada deserta e chegar a uma vila de veraneio no dia de Natal me fez dar voltas pela casa a esmo, demorar no café e me olhar dentro da xícara como se esperasse a permissão para ficar aqui escondida e evitar a família do meu pai.

O Natal já está aqui, sem trégua. Trata-se de simular que tudo vai bem, que não falta ninguém na mesa e aguardar que a festa termine, dar-lhe a importância justa de mais um dia no calendário.

QUANDO CRIANÇA, me distraía observando as famílias normais na praia, as famílias completas. Estudava a espontaneidade familiar, os movimentos do grupo, como falavam entre eles, como gritavam uns com os outros, toda uma comunicação verbal e não verbal com que se compreendiam e agiam e que em casa faltava. Eu não tinha aquela experiência de família. Me entusiasmava a confusão que podiam formar os membros de uma mesma tribo untada com protetor solar, sob o rumor inconfundível dos guinchos infantis abrigados pelo zumbido das ondas e das gaivotas. Ao lado da minha toalha, a do meu pai, impoluta, com o La Vanguardia, o maço de Marlboro, o seu caderno com doze pautas e a caneta-tinteiro que não me deixava nem chegar perto. Íamos à praia com um Seat Panda recém-comprado, o objeto de desejo do cidadão médio que via no pequeno automóvel a materialização do sonho de se movimentar com total liberdade. Lembro do rosto satisfeito do meu pai enquanto dirigia e da minha incapacidade de iniciar uma conversa do banco de trás. Na nossa queda livre, assuntos como as músicas que compunha para a publicidade, as notícias do jornal e como havia sido o dia na escola formavam a rede de uma rotina à qual já estávamos acostumados, mas, quando quebrávamos o dia a dia, quando tínhamos espaços vagos e de lazer, verões, Natais, Semanas Santas, o que se levantava entre nós era um muro feito da ausência da minha mãe. Na praia, eu chamava ele da água para que viesse brincar comigo, procurar caranguejos nas rochas e pegar berbigões e conchas, mas então ele não gostava de deixar as coisas sozinhas na areia e me pedia para nos banharmos em turnos. Eu trazia todas as conchas com buraco que encontrava e lhe pedia que me fizesse um colar como os que fazíamos com a minha mãe. Cabe dizer que ele tentava, mas eu notava como se escurecia seu olhar enquanto brigava com a linha de pesca, assim, logo deixei de pedir colares na praia. Aos poucos ia deixando de lado os desejos, a normalidade. Acabavam-se os colares, se apagava a menina e, com ela, a mãe. Às vezes, as minhas tias vinham passar o dia na praia e, sem nenhuma discrição, falavam que aqueles dois botões já insinuavam os peitos. Para mim, minhas tias e aquelas conversas nunca antes escutadas me pareciam de um outro planeta, me faziam saltar, emburrada e altiva, e me afastar delas o máximo que podia. Percebia que havia uma vida paralela à que meu pai e eu tínhamos, que o coração do mundo tinha uma pulsação que não se parecia muito com o nosso isolamento. A minha relação com ele era diferente da que tinham as minhas amigas com os seus pais. Ninguém tinha um pai compositor. Os outros pais eram bancários, eletricistas, comerciantes, professores do ensino médio, mas não era isso o que nos fazia mais atípicos, era aquele buraco inexplorado entre nós, a incapacidade de não saber guardar a mãe no lugar que lhe correspondia. Quando se é criança, percebe-se muitas coisas, mas o ânimo para mudá-las é frágil demais.

CRESCEMOS E, dentro da casa de uma vila que olha para o mar, as irmãs do meu pai tentam esclarecer se o recheio do frango que comeram na noite anterior na casa de uns amigos em comum tinha pêssego desidratado ou não, e os meus tios colocam todas as suas esperanças no jogo da volta para ganhar o campeonato. Olho para minhas primas, a Anna e a Beth, com crianças roliças nos braços, imersas em uma daquelas conversas excludentes que todas as mães de primeira viagem precisam ter com outras mães, convencidas como estão que são as primeiras a vivenciar um elemento concreto da maternidade, enquanto seus maridos bebem absortos e tentam entrar em um acordo sobre os gostos musicais. À minha esquerda, está a nova namorada do meu primo Toni, que apareceu sem avisar, uma tal de Glória, que faz um curso de reflexologia que a prefeitura subsidia, segundo ela, para pessoas que estão desempregadas. A Glória tem mechas roxas no cabelo, que enrola com os dedos enquanto me explica que os cheroquis sempre deram uma grande importância aos pés.

— Para tudo, para manter o equilíbrio físico, mental e espiritual. Ou seja, a massagem faz parte de uma cerimônia sagrada, porque creem que os pés são o nosso contato com a terra e com as energias que fluem dela — me conta levantando muito as sobrancelhas. — A questão é que, através dos pés, o espírito está vinculado com o universo.

Tudo me coça um pouco. O verbo *fluir* sempre me deu urticária, e não tenho o Mauro do meu lado para beliscar sua coxa e avisá-lo para me tirar daqui.

Não há nada mais deprimente que alterar o curso natural das coisas. La Selva de Mar igual a verão. Casa do pai igual a sandálias. O guarda-sol esquecido em um canto, a rede cheia de folhas secas e os radiadores ligados em uma casa construída para abrir as janelas e deixar entrar o céu e o sol. Nada encaixa, neste Natal, tudo está fora do lugar, bagunçado, incômodo e apagado. Meu pai acha que, celebrando o Natal aqui, quebramos um pouco com o que sempre fizemos em Barcelona e talvez assim, diz, vamos conseguir esquecer que o Mauro já não está entre nós. Ele, pelo menos, foi capaz de verbalizá-lo em voz alta. Acho que lhe agradeço. A realidade assim não pesa tanto.

— O Toni me contou isso seu — me diz a Glória em voz baixa, enquanto os outros falam cada vez mais alto. — Meus sentimentos.

Até quando vão me cuspir essas coisas? Quem dera fosse capaz de falar para ela que acabamos de nos conhecer e que não quero seus sentimentos coisa alguma. Faço um pequeno movimento com os lábios, um pseudossorriso para sair dessa.

Quando meu pai aparece com uma panela de barro nas mãos, cheia de zarzuela de peixe, o recebemos com aplausos. O tempo passa entre o tilintar de talheres, risos e histórias que rebrotam a cada ano como se fossem novas. De súbito, reparo que estamos usando os guardanapos bordados com uma folha verde que minha mãe fez, em uma dimensão que tenho certeza que não era esta. Quatro décadas depois, os guardanapos estão amarrotados ao lado dos pratos e tocam lábios novos, oleosos, como os da Glória, que chamou a atenção de todos para nos contar que é uma especialista em tarô evolutivo.

— Ah, tem mais de um tarô? — pergunta meu pai enquanto serve os pratos.

A minha tia Rosalia, o Toni e a sua flamejante namorada se animam em uma discussão acalorada sobre a diferença entre o tarô divinatório e o evolutivo, pois a graça está na hora de interpretar as tiragens, o melhor é o evolutivo, diz a Glória com voz de especialista, porque você pode ajudar a pessoa a quebrar nós energéticos negativos.

Deve ser uma piada, não acredito que isso esteja acontecendo de verdade. Meu pai se virou com um sorriso malandro e piscou para mim. É a sua maneira de me dizer que aguente, que vale mais rir do que chorar, mas, como costuma acontecer nesses encontros, os assuntos vão minguando e, depois de um tempo, parece que se esqueceram das cartas e a conversa das mulheres à mesa se desvia para o meu peso, que estou com uma cara ruim, que estou mais bonita com alguns quilinhos a mais, que trabalhando na área de saúde não posso ter este aspecto de doente. Meu pai se aproxima com a desculpa de retirar os pratos e chama a atenção da Rosalia, diz que não estamos passando por uma época fácil, e o uso do plural, essa demonstração inesperada de paternidade, me emociona até limites insuspeitados.

Quando se restabelecem as conversas aqui e lá, a Glória insiste, em voz baixa:

— Eu acho que uma sessão poderia te fazer bem até. Olha, não vou insistir, mas acho que seria interessante você saber que as pessoas que perderam o par estão mais predispostas a se comunicar através do tarô, você poderia se comunicar com ele através de uma mensagem que te mande em sonhos — conclui enquanto põe o garfo na boca.

E então me levanto da cadeira, empurrando com barulho, e consigo chamar a atenção de todo mundo, que era a última coisa que pretendia hoje. Maltrato o guardanapo bordado lançando ele contra o chão, enfurecida.

Em agosto, falei para o meu pai que consertasse o tanque do vaso sanitário e vejo que continua com esse gotejar lento, mas constante. Escuto, do banheiro, como murmuram. Desde que o Mauro não está mais, ouvi esses murmúrios muitas vezes. Posso traduzi-los sem dificuldades. É como estar deitada em uma cama de hospital em coma e todos os que te rodeiam falarem de você, convencidos de que não pode ouvi-los. Mas você consegue, e dizem coisas de você com uma densidade tal que não precisa perceber nitidamente as palavras, o tom é suficiente para saber que, nas suas maquinações, você é vítima e não heroína. O mau humor me engole quando, sentada na privada, me fustiga a clarividência de que não tenho mais ninguém com quem passar o Natal e, sem querer, me projeto no futuro e me vejo rodeada desta mesma gente um Natal após o outro.

Lavo o rosto, tomo ar e me ordeno que me acalme. Digo para mim mesma que o dia de hoje vai terminar logo e saio tão dignamente como me permite o desgosto. Quando volto, cessam as vozes e todo mundo olha para o prato.

— Desculpem — consigo dizer, e o tilintar dos talheres volta e, aos poucos, as vozes adquirem o volume habitual.

O intervalo depois do almoço passa sem estridências e afortunadamente os primeiros a ir embora são o Toni e a Glória. Nós os acompanhamos até o carro e todo mundo volta para dentro, porque faz um frio do demônio, mas eu fico mais um momento lá fora, procuro um local com sinal de celular. A lembrança do Quim me aparece momentaneamente como um inciso a muitos quilômetros de distância. Não voltou a falar mais nada. Um ar úmido e prenhe do cheiro de mar e de algas, que vem de El Port de la Selva, insiste em escorrer por entre minha roupa e inundar uma espécie de poço que hoje parece que me enche toda.

    Me ofereço para trocar as fraldas das filhas das minhas primas. São preciosas e desprendem uma candura com a qual é fácil se deslizar do mundo adulto. Levo comigo as duas crianças, dividindo o peso sobre os quadris. Me olham desconfiadas, com bocas redondas de lábios grossos, enquanto caminho cantarolando. Juntas somam uns poucos quilos de carne tenra e cheiro de água de colônia. Deito as duas sobre a cama do meu pai e fico um bom tempo brincando com os seus pés gordinhos e olhando de vez em quando para o relógio. Hoje as horas passam devagar. Vejo-as enormes, se comparadas com as minhas crianças da UTI. Duas meninas saudáveis e grandes que verei crescer de um Natal para o outro. A sua linguagem feita de sons me acalma, como o delicado redemoinho que se forma na nuca de uma delas. Depois de um tempo, reapareço na sala com as duas meninas e entrego elas para as suas mães, que já se preocupavam. A maternidade deve ser isso, me digo, essa preocupação constante.

    Quando todos foram embora, eu e meu pai recolhemos a mesa. Eu ainda me sirvo um pouco de vinho, poderíamos dizer que o Natal é agora, que é a pequenez deste momento limitado pelo barulho do relógio da sala, que ressoa no vazio de uma casa que hoje não compreende o que se passa.

    Novidade número dois deste Natal estranho: um pai e uma filha egoisticamente protetores do seu círculo pequeno e infranqueável. Ninguém pode compreender como eles o que significa a exclusividade de ter um ao outro. Trata-se de um sentimento novo em folha e, ao mesmo tempo, é tão remoto como quando celebramos o primeiro Natal sem a minha mãe.

Meu pai cantarola uma melodia com as sobrancelhas franzidas, como faz desde que tenho consciência, concentrado em colocar bem os talheres na lava-louça. Olho para ele do marco da porta da cozinha enquanto saboreio a taça de vinho, uma das muitas que bebi ao longo do dia, e, pela primeira vez, vejo um homem velho, realmente velho, quero dizer, como se tivesse envelhecido de repente, como se tivesse perdido de súbito aquele aspecto que sempre me dificultou atribuir a ele uma idade concreta. No entanto, por baixo desse homem mais vulnerável, intuo o homem que me fez crescer e que, à sua maneira, mais me ama, vejo ele difuso, mas está aí, alto e ainda forte, com aquela nuca atraente de onde nascem os cabelos de um branco tão puro que parece que não pode ser verdade, um aspecto são e sábio, umas pernas compridas e um pouco arqueadas vestidas com veludo bege, cinto de couro, e as moedas tinindo nos bolsos pesados e inchados, o homem férreo que acorda cedo seja o dia que for, que lê o jornal no bar, amante dos momentos após as refeições e amigo dos seus amigos, que sempre vive as questões meteorológicas no limite, dramatizando o anúncio de quatro gotas de chuva como o dilúvio universal e transformando em tragédia um dia de altas temperaturas, o homem eternamente apaixonado pela lembrança de uma mulher, que senta ao piano e abre a porta de um mundo que é seu e de ninguém mais. Esse é o meu pai e, apesar disso tudo, ele agora me lembra alguém mais novo fantasiado de velho, as sobrancelhas brancas mais espessas, as rugas na testa e na cabeça, umas entradas excessivamente marcadas, até arqueia as costas e faz uns movimentos corporais hesitantes enquanto mexe nas panelas na cozinha. Vale dizer, porém, que se movimenta com determinação dentro do seu pequeno universo de caçarolas e cestas de vime, de garrafões de azeite que compra do seu amigo de alma que produz azeite e o envasa exclusivamente sob demanda. Tenho certeza de que, toda vez que se veem, finge que precisa de um garrafão para comprazê-lo. Contei seis apenas no armário da despensa.

— Sinto muito por aquilo que aconteceu, pai. Perdi os nervos.

Ele se vira sobressaltado.

— Não sabia que você estava aqui. Não pense mais nisso, Paula. O seu primo... Bem, não me faça falar... Buscou uma mulher perfeita para o gosto dele.

Nós dois rimos mordazmente.

— Uma pitonisa, justo o que faltava nesta família.

— Paula, faça-me o favor, vamos!

Eu explodo de rir com uma gargalhada homérica, como se alguém empurrasse para fora toda a dor, e meu pai se revela o companheiro perfeito para recolher os pedaços de mim que necessitam ser recompostos.

— Já basta. Deixa eles em paz. Foram feitos um para o outro!

Passa um pano úmido no mármore frio da cozinha e recolhe as migalhas e a sujeira com a mão, enquanto alongamos as críticas e os risos, cúmplices que somos, de repente, da mesma condição.

Os sinos da igreja de Sant Esteve tocam as seis. Tenho a sensação de que estamos sós no mundo. Meu pai e eu. De súbito, sinto um calafrio. Termino o vinho abruptamente.

— Tenho um presente para você — digo com uma expectativa sincera.

— Primeiro eu, senhorita. Sente no sofá, por favor.

Enxuga as mãos com um pano de cozinha que deixa na pia e caminha para o piano, enquanto abaixa as mangas da camisa e do suéter e fecha os pequenos botões do punho com pressa.

Senta na banqueta do velho piano que resgatou faz anos do lixão. As teclas amareladas combinam harmoniosamente com a madeira antiga. Me olha e, com a mão, me indica que aguarde. Em seguida, coloca uma partitura no atril e, quando já está com os dedos a poucos centímetros das teclas, para, pega a partitura e me mostra.

— Já não se chama *Bela*. Mudei o nome, viu?

Preciso cerrar os dentes e segurar o coração na mão para engolir a emoção que me invade quando vejo o meu nome impresso em cima de tudo, coroando uma série de partituras preenchidas por notas que começam a soar e me transformam em uma melodia agridoce. Ele toca com os olhos fechados, balançando a cabeça como sempre faz, pisa nos pedais com aqueles pés grandes e de súbito o amor que sinto por esse homem me embarga. Meu pai musicou minha vida dos últimos meses com uma composição intimamente unida aos meus vaivéns emocionais. Me constrange um pouco que o resultado seja uma música minimalista e muito comovente, a ternura de um tema de piano que casa com o sentimento misericordioso com o qual frequentemente peguei ele me olhando quando almoçamos, quando combinamos um café. Há uma harmonia que fecha a peça onde ele quis pôr esperança, mas penso que, no fundo, as notas também falam de tudo aquilo que ele nunca foi capaz de me dizer.

Faz-se um silêncio breve quando termina, antes de eu começar a aplaudir e me levantar para abraçá-lo. Sinto que devolve meu gesto, noto como é difícil para ele revestir de ternura as extremidades com as quais, como se fossem dois galhos rígidos, me cinge e me dá uns tapinhas breves nas costas. Não sabemos nos amar fisicamente, sempre há uma pedra fria que nos freia, mas então, de maneira totalmente inesperada, ele se afasta um pouco de mim e me senta no seu colo. No começo me incomoda, mas, quando consigo vencer a timidez inevitável frente a uma demonstração de amor tão física vindo dele, me deixo levar, e um rio de lembranças me leva para a menina cândida que devia ser antes dos sete anos. Sentei neste colo, sentei um monte de vezes e tocamos juntos o piano, mas depois vieram os silêncios, cada um de nós dentro da sua parcela e, quando voltamos a nos pôr em marcha, alguma coisa havia levado aqueles que éramos. Aqui, neste presépio improvisado na frente do piano, compreendo que preservamos para sempre uma parte da criança que fomos e que já não rememorávamos.

— Obrigado por vir hoje. Sei que não foi fácil — fala de uma vez só, sem levantar o olhar do chão, e eu não sei o que mais dizer. — Queria te dizer uma coisa, mas não sei como fazer isso.

Meu coração dá um pulo. Toda a aproximação que sempre esperei de repente me incomoda.

— E por isso a música? — pergunto com a voz enrouquecida.

— Não, não. A música é um presente. É o meu presente de Natal. Gostou?

Faço que sim com a cabeça, apertando os lábios. E então ele faz aquele gesto que fazem as pessoas quando alguma coisa muito forte freia a solenidade da mensagem. Fecha os olhos e segura minhas mãos com as suas.

— O que eu queria te dizer... queria te dizer que... vamos ver. Eu preciso saber que você está bem.

— Estou bem, pai — me apresso a dizer, morta de vergonha.

— Paula. — Levanta meu rosto e o vira para o seu. — Eu passei pelo mesmo que você está passando agora.

—Não é bem o mesmo, pai.

Me olha surpreso. Repara que no meu tom há um matiz áspero que não esperava. Não preciso que me leve para o sentimento de desesperação onde ele se abrigou quando minha mãe morreu e onde me reteve grudada como uma espectadora, um inseto de sete anos apanhado pela folha pilosa de uma planta carnívora. Eles eram um matrimônio bem-sucedido. Tinham uma filha, um projeto comum que olhava para o futuro e que até certo ponto justificava aquela ansiedade silenciosa a que nos submetemos sem minha mãe. Preciso dizer que, para mim, morreu alguém que já não me queria, que não há status *post mortem* para quem fica vivo nessas condições. Preciso apontar que a intenção é levantar a cabeça, não converter a morte do Mauro na minha doutrina, tal como ele fez com a morte da minha mãe.

— Mas sei como você se sente, Paula.

— Não, você não sabe — insisto.

— Ele te amava muito. Vocês se amavam muito.

Ele faz um som nasal enquanto compila dentro de si o valor que algumas lembranças merecem.

— Além disso... — mudo de assunto e inverto os papéis fazendo uma insinuação — você esteve ao lado da mãe até o último segundo. E eu aquele dia almocei com o Mauro, e sabe o quê? — me olha e encolhe os ombros, como se nada pudesse surpreendê-lo. — Discutimos, de fato ele me disse que...

Olho ao meu redor, nervosa. Ele irradia a mesma emoção extraviada de todo mundo, e a tentação de contar que o Mauro estava com uma outra mulher adquire a atração de um ímã. Preciso dizer, e que compreenda toda a dor, preciso me esfregar contra o seu peito, contra as suas pernas, contra a sua compaixão, me esfregar forte como uma gata que procura proteção e afeto.

Retifico a tempo o pensamento envenenado, talvez por medo de ferir o homem velho que me surpreendeu na cozinha faz um tempo. Que sentido teria tirar dele agora aquela tentativa de genro?

— O que ele te falou?

— Nada, nada importante. Discutimos e ele precisava sair para uma reunião de trabalho. Não quis abraçá-lo, pai. Assim são as coisas.

Solto um suspiro cheio de ressentimento, mas mantenho o sorriso como uma parede mestra. Ele acaricia uma tecla sem querer e escapa um lá trágico. Esfrega minhas costas. Diz que não pense nisso agora, que não serve de nada. Nós nos abraçamos. É um momento estranho. A morte é uma grande desenhista de momentos estranhos repletos de conversas em contratempo.

— O que eu queria te dizer é que não se sinta mal por refazer a sua vida, por passar bons momentos a partir de agora. Queria te dizer que é justamente isso o que você tem que fazer. A vida é feita de pedaços, de etapas, e o Mauro é apenas um pedaço da sua vida. Um só pedaço com seus altos e baixos, mas um pedaço precioso afinal. Seja qual for o motivo da discussão que vocês tiveram, nunca será tão terrível quanto a sua morte, e o rancor, filha, não serve para nada. Para nada, acredite.

E quando penso que já não estou a tempo de demandar um pai guerreiro, com escudo e espada, que defenda a minha dignidade e não permita que ninguém pise na sua filha, me desarma com um beijo na testa que chega com décadas de atraso, mas chega.

A imagem de nós dois é, no entanto, curiosa. Uma mulher de quarenta e dois anos, com a cabeça baixa e as lágrimas contidas, como as verdades, no colo de um senhor de setenta e dois que realiza um exercício de sinceridade visceral na frente de um piano de aroma lenhoso, as mãos dadas e uma espécie de timidez que impregna todo o ambiente.

— Essas coisas se dissolvem, não são tão excepcionais, sabe? São enormes quando se passam, mas depois encolhem e dissolvem. Vai em frente. Você precisa viver, Paula. Promete?

Novidade número três deste Natal estranho: meu pai está comigo, sempre esteve e sabe coisas de mim que nem eu adivinharia. O amor é tangível, audível e corajoso. O requisito para senti-lo é tão simples como estar ali. Prometo.

Os amigos se distribuem com a morte, e com o Nacho fico eu.

Você precisava vê-lo com os gêmeos. Apareceu na praça da Virreina e parecia o homem-orquestra, carregado até o topo de sacolas e tralhas e com um carrinho de bebê duplo inadequado para as ruas estreitas de Gràcia, onde teimou de viver com a Montse. É por sua culpa que entre o Nacho e eu havia certa tensão desde o dia do hospital.

— Vai forte, hein, amiga?

Apontou para minha taça com um aceno da cabeça. Com a mão lhe indiquei que me deixasse e não fizesse perguntas. Também é por sua culpa que bebo vinho às onze e meia da manhã. Preciso do vinho para me revestir de coragem e dizer que teria sido um grande detalhe ter me dito que você estava com alguém, mas compreendo que era o seu amigo e respeito a sua lealdade, logo não o recriminei por absolutamente nada afinal. A verdade é que segurei suas mãos quando disse aquilo de que sente saudade de você a todo instante. É difícil manter uma conversa com duas crianças se mexendo para cima e para baixo, que questionam a sobriedade do nosso encontro. Mais de uma vez tive que ficar sozinha na mesa, porque primeiro ele teve que trocar a fralda de um e depois frear a birra do outro. Eles põem coisas proibidas na boca e contorcem os corpos pequenos quando não querem sentar no carrinho. O Nacho suava sangue e água e pedia desculpas para todo o bar. Foi durante uma trégua dos gêmeos que me disse que a sensação de não saber nada de você, apenas que não vai voltar mais, lhe sufoca até o ponto de marcar consulta com um psicólogo, e eu olhei seus lábios rachados e o gesto frágil e entendi que, se você não tivesse me abandonado, sem o filtro prévio de saber que havia uma outra pessoa na sua vida, o horror ocuparia os meus dias de uma aflição infinita, e notei que meu coração encolhia cheio de culpa. E, de repente, entre o alvoroço dos dois pequenos, o barulho de uma cadeira que alguém arrastava perto de nós, a batida de uma porta no armazém e o apito da cafeteira do balcão, me escutei dizer que essa imensa saudade é a prova de que te amamos, Mauro, e que ninguém poderá ocupar o lugar que você ocupava nas nossas vidas.

Lá fora beijei os gêmeos, que não receberam muito bem as minhas gracinhas, e depois nos abraçamos, com o Nacho em uma reação espontânea, como se fosse uma coisa que nós dois tivéssemos pedido em silêncio, e voltei para casa com as sobras do Natal no meu encalço.

14

Quando acordei, não sabia onde estava, me sentia totalmente desorientada. O plantão parecia tranquilo, então deitei em uma das camas que ficaram vazias, porque a Marta e a Vanesa estavam descansando um pouco no beliche. Observava as duas sem participar muito da conversa. Quase sempre têm o mesmo tipo de penteado. Os cabelos compridos e alisados com chapinha, com um degradê similar de tons castanhos e loiros e uma franja enviesada que deixa à mostra uns olhos pintados demais. Nas orelhas, brincos de pérola que não difundem a luz pura que as pérolas de verdade desprendem. A Marta, além disso, usa mais de um piercing na cartilagem da orelha, uma tímida tentativa de deixar claro que é ela quem segura as rédeas da própria vida. A Vanesa irradia mais inocência e, às vezes, apesar do profissionalismo que demonstram e da estima que tenho por elas, sinto como se estivessem fora de lugar. Sei que as duas ficaram vendo séries de televisão baseadas na rotina dos hospitais até não poder mais, como a maioria das jovens da sua geração, e ainda que nunca tenha perguntado para elas, às vezes imagino que a ficção as impulsou a cursar uma carreira universitária que as levou a um set real, que talvez não se pareça tanto com aquele que haviam sonhado. Aqui o sangue coagula e as vidas correm perigo de verdade. Reconheço esse pensamento nos penteados idênticos, no excesso de maquiagem, em gestos que repetem quando há pessoal médico masculino e jovem em volta.

Anestesiadas em seu momento, conversavam e brincavam nos celulares, exibindo o resto das adolescentes que devem ter sido não faz tanto tempo. Tinham aquela atitude receosa de algumas pessoas jovens que acham que o mundo deve tudo para elas só pelo fato de terem que trabalhar; a Marta ficou brava porque naquela noite ela não deveria fazer plantão, tinha sido improvisado e, por umas mudanças internas de última hora, acabamos coincidindo as três sem que fosse estritamente necessário, e se isso já estava bem para mim, e sempre o vivo como se eu estivesse a serviço de um propósito muito maior do que eu mesma, ela vivia como uma espécie de castigo, pois teve que interromper as suas férias de Natal. A Vanesa tentava lhe dar apoio, com aquelas qualidades de compreensão e empatia que frequentemente me enchem a paciência. A resignação, a impotência e sobretudo a indiferença cobriam o quarto e as levavam a falar como se fossem vítimas do sistema.

Para quebrar o clima pesado, tentei estabelecer uma conversa mínima, falando primeiro sobre a estranha calma daquela penúltima noite do ano e, como não obtive resposta, perguntei se sentiam frio. Eu estava gelada e observei que o radiador não estava ligado.

— Eu estou bem, Paula — falou a Vanesa, mas a Marta continuou mordendo um resto de pele do dedo com o olhar perdido.

Optei por ligar o radiador e deixá-las em paz. Tirei a parte de cima do uniforme para não sentir o cheiro de hospital e me aconcheguei no aroma de amaciante da minha blusa. Em pouco tempo, elas começaram a falar em voz baixa sobre o que vestiriam no dia seguinte para ir numa festa de ano-novo, e discutiam se o top preto que uma emprestou para a outra ficaria bem com as calças que compraram.

Quão longe estavam de mim as expectativas de uma festa e com que saudade me reconheci de repente. Eu já estive aqui, com esse impulso e o cheiro de tabaco grudado na roupa, horas depois de ter saído da discoteca, da festa ter acabado e não encontrar o momento de voltar para casa. Lembro de mim então, com a cabeça bem alta e uma segurança feita sob medida nos territórios onde eu era mais uma. Controlava as situações em casa e no hospital, sabia sorrir, gostava dos meus amigos. Como vou fazer para costurar tudo isso agora?

Durante os últimos meses foi assim — com as notas que caço no ar na boca dos outros, como uma festa de ano-novo — que fui tomando consciência de que os dias e as semanas passam e se acumulam, para configurar a soma que dá como resultado uma margem de tempo cada vez mais grossa com relação ao temível fevereiro passado. Naquela noite, porém, deitada e cansada, com a Marta e a Vanesa bem perto, eu tinha todas as coordenadas temporais bem presentes, sabia com exatidão quantas horas sobravam do ano, ouvia cair uma atrás da outra, executando uma contagem regressiva adornada com a voz longínqua do Quim do outro lado do telefone. Amanhã, 31 de dezembro, era o dia que ele devia chegar a Barcelona, ou pelo menos foi isso o que ele me falou. Estive esperando notícias suas desde a ligação de pouco mais de um mês antes, mas o silêncio da parte dele me fez crer que talvez eu tivesse sonhado isso tudo. No fundo, confiava que me ligaria em algum momento para me avisar que já havia pousado. De novo me contaminavam os nervos, não podia dissimular em nenhum lugar, nem no trabalho, nem sozinha comigo mesma, incapaz de me concentrar em uma só coisa à medida que os dias se aproximavam do fim do mês, como se ele tivesse que trazer de Boston a solução da vida soporífera. A esperança de vê-lo serviu de impulso para resistir ao Natal e à invasão dos amigos que se esforçaram para me acompanhar durante as festas para dissolver a dureza que, supõe-se, para todos, é aceitar que o Mauro não está mais. Mas o achaque engrossa com a tenacidade, reforça a imagem do que havíamos sido tempos atrás, não só o Mauro e eu como casal, mas todos nós como grupo.

Faz anos que circulo entre três diferentes grupos de amigos, reduzidos, compactos e invariáveis. A Lídia, os colegas de trabalho mais próximos e o grupo de amigos da vida conjunta com o Mauro. Esse último grupo agora me incomoda. São todos casais e rodeados de crianças. Eu fiquei marcada pelo número um. Eles, ao invés disso, com a morte do Mauro, montaram um exército potente, um exército disposto a avançar até me segurar e me transformar na sua refém. Os tentáculos da morte são indiscretos, compridos, e escorrem sem permissão também dentro das relações, deixando elas frágeis e quebradiças.

Tentei recebê-los, ter comida, caprichos e bebidas em casa, seguir as conversas, suportar o peso da felicidade dos outros e da alegria forçada do Natal. Me mostrei afetuosa e correspondi à sua generosidade com detalhes e esforço. Parecia que não encontravam nunca o momento para ir embora e a sua boa intenção acabava se diluindo com o passar das horas em uma forma efêmera de amabilidade. Como se fosse um Natal qualquer, me obriguei a comprar uma pequena lembrança para todas as crianças do grupo, uns porta-chupetas forrados por tecidos diferentes que encontrei em uma pequena loja do bairro. Enquanto comprava isso e a atendente mostrava todos os tecidos, era eu mesma e me sentia feliz com a expectativa do presente; mais tarde, já em casa, quis embrulhá-los procurando fazer pacotes personalizados, tal como vi na internet. Mas fracassava na hora de colocar o barbante e fazer um nó que, na teoria, era a graça do embrulho. Minha pouca habilidade para o artesanato, que sempre tinha aceitado com humor, se transformou em uma explosão de nervos que me fez amassar os papéis com raiva, e descobri que a impotência, a dor e a tristeza não se debilitam com o tempo, mas que se transformam em um estado tênue e caprichoso. Só posso fingir. Me transformei em uma atriz recalcitrante, estou traçando uma carreira que me leva direto ao Oscar. Às vezes, sou capaz de fazer uma atuação magistral, de fazê-la tão bem que eu mesma acredito que saio dessa, até que um barbante desobediente provoca minha cólera e arremesso as caixinhas com as chupetas e as alegrias dos outros contra a parede do quarto.

Assim, a espera de algum sinal de vida do Quim conseguiu empurrar o primeiro Natal sem o Mauro. Nas duas últimas noites antes do plantão, dormi muito mal. Acordava e checava o celular de madrugada e, enquanto me obrigava a voltar a pegar no sono, recriava possíveis cenas de reencontro com o Quim. Nós nos abraçaríamos teatralmente? Ficaríamos a dois passos uma do outro e esperaríamos que alguém quebrasse o gelo? Com a cabeça embaixo do travesseiro, vinham as recriminações, dizia para mim mesma que não pensasse mais, que, se tivesse intenção de querer me ver de novo, já teria mostrado com algum detalhe, talvez desejando feliz Natal. É verdade que eu também não fiz isso. Nem sequer sabia o que ele fazia em Boston, conhecia quatro detalhes da sua vida e tudo parecia indicar que era uma pessoa dada à liberdade, à diversão e a beber até a última gota de cada dia. As possibilidades, não só de que viesse, tal como tinha dito, mas de que, uma vez aqui, pudéssemos ir juntos para onde fosse, eram totalmente incertas.

As vozes das residentes falando de todas as esperanças que tinham colocado naquela festa de ano-novo acabaram me embalando até me fazer dormir profundamente. Durante os plantões, se a noite não estiver muito movimentada, deito umas horas e cochilo, mas nunca tinha caído em um sono tão profundo. Também nunca estive tão cansada, tão exausta de me escutar e avaliar.

Talvez tenham se passado duas horas quando meu pager tocou. Parada cardiorrespiratória no quarto cento e vinte e cinco. Acordei sozinha e assustada com a sonolência marcada por toda parte. Com os gestos mecânicos de sempre, vesti o jaleco e corri para as escadas. Ouvia o ranger de portas distantes e os corredores se alongavam à minha passagem. Quando cheguei no cento e vinte e cinco, a equipe médica já tinha chegado ao local e não vi a criança no berço. Olhei sobre o sofá, sobre a cama vazia da mãe, nada. A criança não estava lá.

— Onde está a criança? — Me agachei e coloquei o rosto contra o chão frio de linóleo para procurá-la embaixo do sofá.

— Paula. — A Marta se abaixou ao meu lado e tocou meu ombro. Em seguida, me disse bem baixinho, para que os outros não ouvissem: — É a avó, o menino está bem, está com a mãe na sala de amamentação. A da parada cardiorrespiratória é a avó.

— Como? — Demorei um pouco para me situar e reparar que no chão, do outro lado da cama, havia uma mulher idosa deitada, enquanto a Vanesa e um médico a atendiam. Uma vergonha me invadiu com um calor repentino. O médico me olhou de canto de olho quando me aproximei e, depois de uns minutos, quando estava tudo sob controle e tinham levado a mulher embora do quarto em uma maca, me pareceu que falava de mim, apontando para o sofá e rindo com deboche. Sabia que, quando contasse a história para toda a equipe que entraria fresca na primeira hora da manhã, eu mesma riria disso tudo, sabia que a imagem cômica da doutora procurando uma criança embaixo do sofá daria pano para mangas e seria matéria-prima para piadas, com certeza eu mesma as engrossaria, mas teria gostado de gritar na cara daquele médico que estar tão adormecida naquela madrugada era tão só a ponta de um iceberg babélico. Como nos custa ser conscientes dos outros, prever montanhas de gelo ou calibrar a desmesura encoberta.

ÀS OITO DA MANHÃ, fizemos a troca do plantão com as equipes do turno seguinte. Quando terminamos, correu a história, e ríamos da procura estrambótica que eu tinha levado a cabo no cento e vinte e cinco umas horas atrás. Estávamos todos, o Santi e mais duas neonatólogas da equipe, a Marta, que já não parecia tão incomodada, a Vanesa e a secretária, uma moça tímida e cor-de-rosa, igualmente eficiente e medrosa. Recostados na parede, me escutavam e faziam troça, alguns com as mãos nos bolsos do jaleco, outros com o café na mão, o Santi fez cafuné nos meus cabelos. Eu gostava daquele calor, a sensação de equipe e de ser amada.

Atravessei a saída de serviço com aquele pacote cheio de alguma coisa à qual me aferrar, empurrando a porta, exausta, com as feições caídas, despenteada e com os olhos brilhantes. O mundo diurno apenas acordava com os barulhos habituais do saguão das consultas externas, que, naquela hora da manhã, estavam bastante calmas: homens e mulheres com jaleco branco espalhados por diferentes cantos, algum pai que corre atrás da criança que espera para ser atendida e o pessoal da limpeza passando pano, recolhendo os sustos passados, as urgências, a primeira luz do dia embelezando o espaço e o deixando pronto para uma nova fornada de gestas médicas.

Dia 31. Tão logo saí do saguão, o ar frio bateu no meu rosto como um aviso e briguei com meus cabelos, que se enredaram enlouquecidos por um vento súbito. Procurava as chaves do carro na bolsa, maldizendo minha mania de guardá-las no pequeno bolso interior fechado com zíper. As luvas de lã complicavam significativamente a operação. Antes de sair, havia checado o celular com as esperanças já esgotadas e apenas encontrei a mensagem que meu pai me enviou às sete da manhã, informando que a tramontana soprava muito forte em La Selva de Mar e que fizesse o favor de ir com cuidado, porque, apesar do céu sereno de Barcelona, havia alerta de fortes rajadas de vento. O mundo, porém, continuava no seu lugar. Ou isso pensava eu.

— Doutora Cid!

Levantei a cabeça e segurei os cabelos que voavam no meu rosto para poder ver com clareza. Em pé, com um longo casaco aberto, que esvoaçava como uma capa, de tênis, as mãos nos bolsos, os ombros relaxados e o pescoço jogado levemente para trás, o Quim esperava a uns três metros de mim, com o ar atrevido intacto.

Parei de repente. Os segundos que se seguiram ao grito do meu nome me deram de presente uma sensação de triunfo suspeito. Ele veio. Eu ganhava, e a série de censuras que a sombra me cuspiu nos últimos dias perdia.

— Quim...

Chamá-lo em voz baixa para retê-lo, para me assegurar de que era verdade apenas por um instante e, em seguida, notar minha respiração entrecortada. O coração que batia entusiasmado e minha parte racional me ordenando a baixar as pulsações, fosse como fosse.

A distância de quase um ano me deu espaço para reinventá-lo com matizes falsos: os cabelos brancos incipientes não eram tantos, era mais alto do que como o recordava e tinha uma presença mais imponente. O nariz pequeno, como de criança, os lábios que lembravam os quarteis de uma embarcação e os olhos vivos e movediços sem rastros de rancor estudando a minha reação com impaciência. Estava lá, estava lá de verdade, inesperado, definido, real, como uma fotografia nítida e sem filtros.

— Como você soube que eu estava aqui?

Não eram nem de perto as primeiras palavras que ensaiei falar para ele durante as noites de insônia. "Como você soube que eu estava aqui", nem um oi triste e pelado. Não podia controlar a entonação, porque tinha colocado todos os esforços em não deixá-lo escapar de mim e eu ficar sozinha de novo.

— Não considerei nenhum outro lugar onde te procurar — falou sem nenhum tipo de ironia, e então saiu um pouco de fumaça da sua boca e Amsterdã me veio à memória e grudou no meu estômago com a vertigem das primeiras vezes.

— Oi — falei com uma voz que destilava bom humor.

Sorrimos e nos cumprimentamos com dois beijos. E depois veio o perfume de cedro, de madeira e de almíscar, masculino, percorrendo as conexões diretas pela amígdala e pelo hipocampo do meu cérebro, implicados na emoção e na memória de maneira irreversível.

Aconselhamos que a mãe deixe dentro da incubadora um pano que previamente colocou sobre sua pele, bem perto do recém-nascido, para que ele se impregne do seu cheiro e a sinta perto, se acostume e fortaleça o vínculo afetivo. De que maneira eu estive negando a necessidade de vínculo com esse marceneiro quase desconhecido que me atraía como um ímã, como renunciei à sua pele durante um ano. Paralisada naquele gesto de reconhecimento onde ficamos, quis ignorar o fato de que ele não sabia nada do meu passado.

— Estou muito feliz que você veio.

Apertei sua mão enquanto lutava com a outra contra o vento que teimava em celebrar o reencontro com uma dança de cabelos, as folhas rodopiantes aos nossos pés e aquele frenesi.

DENTRO DO CARRO, nos olhávamos quase sem saber o que falar. Era estranho e tocante ao mesmo tempo e, quando estávamos nas Rondas, parados em um congestionamento, pôs sua mão sobre a minha quando pegava a alavanca de marcha, de maneira que me acompanhou no gesto de colocar a primeira para engatar. Deixou aí todo o trajeto.

— Sabe o que me aconteceu no plantão hoje à noite?

Ele se mexeu para poder me olhar bem, disposto a me escutar. Poucas horas antes de deixar para trás aquele ano disforme, eu existia para alguém dentro de um carro a caminho de casa, era visível, alguém me escutava, e era um bálsamo me reencontrar toda inteira.

Foi então que soube que mentiria, que calaria a gravidade e o peso de uma morte.

15

A estrada que leva até o vale do Bosque é sinuosa e sombria. Faz quase uma hora que saí de Barcelona, não me movimento com comodidade fora da cidade e me sinto um pouco enjoada. Me inquieta não saber onde estou, e o GPS parece ter enlouquecido desde que deixei para trás o último povoado. As bases das rochas nascem cada vez mais rentes à estrada e não consigo tirar de mim uma sensação de perigo iminente, como se me esperasse um susto atrás de cada curva. É estranho fazer esse caminho desconhecido ainda com a corporeidade irreal do dia de ontem à flor da pele.

— Espero você amanhã.

O Quim me deixou o endereço anotado em um papel sobre a cômoda do hall de entrada.

VOLTANDO DO HOSPITAL, fizemos uma tentativa de nos despedirmos na frente do meu prédio, ainda dentro do carro, falávamos o tempo todo com frases entrecortadas, sem saber ao certo qual direção as intenções deviam tomar.

O Quim me provocava uma energia diferente, um impulso atrevido que me fez convidá-lo para subir sem pensar muito.

Dormimos quatro horas com a luz do dia, ele lidando com o jet lag e eu lidando com uma coisa parecida com a ressurreição. Houve sexo, café, uns gramas de vida cotidiana inesperada e uma tentativa minha de pedir perdão cortada na hora pelo seu dedo indicador.

— Seja o que for, logo teremos tempo para falar disso. Você está exausta e eu também. — Tirou uma mecha de cabelos da minha cara. — Se quiser, hoje à noite vou passar o ano-novo com uns amigos. Não moram longe daqui. Adoraria que você viesse.

— É que já fiz planos.

Havia rechaçado as duas ou três propostas que me fizeram para passar o ano-novo. Disse para todos que trabalharia, mas, na verdade, o único plano que tinha era visualizar o Quim em Barcelona, vê-lo descer do avião e digitar o meu número, reservar aquela brecha na agenda para o que pudesse acontecer. E agora recuava e me surpreendia comigo mesma dizendo que não, que não podia passar o ano-novo com ele. Essa tendência nova dos últimos meses me perturbava, o hábito de adiar tudo, de maquinar uma mentira que servisse de escudo para uma solidão que me requeria e desaprovava ao mesmo tempo.

Encolheu os ombros e fez um gesto cômico de desengano, mas eu já tinha reparado no golpe baixo que havia no seu olhar.

— Você que perde, doutora. Tenho uma segunda proposta. Amanhã, quando se livrar da ressaca, por que não pega uma mala pequena, enche de roupas de frio e sapatos para montanha e vem passar uns dias comigo?

— Uma proposta muito sedutora. Vou pensar. E agora, o que você vai fazer?

— Agora? Ir para casa, dormir um pouco, desfazer a mala e comprar comida, caso você no final aceite a minha proposta.

— Fique.

Lançou um olhar cheio de provocação.

— Fique para dormir um pouco aqui. Sei que soa estranho, mas adoraria.

— Você ronca?

Eu ri mostrando todos os dentes.

— E você?

— Um pouco, mas com elegância.

No quarto, a persiana meio abaixada brincava com o sol, desenhando uma teia de luz e sombras. Elogiou uma pintura de Coco Dávez que havia sobre o parquê.

— Foi um presente! — exclamei.

Espalhou-se uma labareda pelo meu diafragma como o fogo que se propaga por um chão regado com combustível. Era um acrílico sobre papel alemão de grandes dimensões, com um fundo azul índigo e apenas quatro traços vermelhos que insinuavam um nu. O Mauro me deu de presente quando fiz quarenta. O incêndio continuava com uma reação em cadeia, progredindo para a foto da noite de São João sobre o móvel ao lado da cama e se estendendo para fora, na sacada, que se tornou um terreno pantanoso onde a minha batalha para fazer renascer as plantas podia se dar praticamente por perdida. O foco do incêndio se concentrava sobre a própria cama. Naquela cama, apenas dormimos o Mauro e eu, e as meninas da Lídia, que tiraram alguma soneca quando eram muito pequenas. Dessacralizar a cama como altar. Isso deve ser um passo. Dar-lhe novos usos, colocar o Quim sobre ela e anelar que o cedro da sua pele impregne fronhas, lençóis e todos os confins de um espaço que já começava a cheirar a deserto.

Olhou de canto de olho a foto quando nos sentamos na cama, mas não fez nenhum comentário.

A arte de mentir requer concentração e não posso me permitir vacilar por um punhado de objetos que governam o meu passado.

— Posso tirar os sapatos?

— Se convido você para dormir é com todos os luxos, pode tirar tudo.

Nos aconchegamos embaixo do edredom nórdico só com a roupa de baixo.

— Traidora! Você tem os pés gelados! Não lembrava que você tinha gelo no lugar dos pés!

Entre risos, a penugem dos seus braços, mãos e comentários cheios de luz, ficamos cara a cara, e eu fechei os olhos para não confrontar uma verdade que bombeava insistentemente do fundo de tudo: o corpo do Quim ocupando o lado da cama onde antes dormia o Mauro. Um homem desejado, mas não amado, um homem novo e um que já não estava mais. Um homem riso. Um homem armadilha, e eu sabia disso.

Estudou o fundo dos meus olhos, procurando a minha aprovação. Quão perto ele estava e quão irreal era tudo de repente, aquela felicidade súbita. Toquei seus cabelos. Beijei suas pálpebras.

Não queria festas de ano-novo, queria o afeto preciso de um amigo, o calor, dormir e apagar todas as vozes dentro da minha cabeça. Reconhecia aquele corpo que se acoplava tão pouco ao meu, mas me sentia plena de confiança. Fez amor comigo por muito tempo e eu simulei que tudo era completamente normal, que me lambesse, que empurrasse meus braços para trás bruscamente, que me separasse as pernas sem muitos afagos, e me deixava fazer, não me dava a opção de tomar a iniciativa, nem de dizer nada, e para mim isso já estava bem, tudo estava bem, ser corpo, carne, desejo e mais nada. Não ardi, impossível me esquentar, estava concentrada demais em uma coisa melhor: me sentir viva e admirada.

Quando terminamos, dei as costas para ele e topei com a fotografia do Mauro na qual alguém nos imortalizou rindo, cercados pelo ar de festa, sem nem reparar na presença da câmera. A foto é a prova de que aquela noite de São João existiu, que o Mauro existiu e que, em um outro tempo, havíamos estado em paz. Passou e estivemos bem. Segurei o olhar sobre a única prova que resta.

O Quim deixou a mão sobre o meu quadril.

— Paula...

— Hmm?

— Você emagreceu muito.

Eu poderia ter dito então, poderia ter reduzido a fatalidade e a dor a uma frase breve e objetiva, poderia ter pronunciado em voz alta alguma coisa como "o meu melhor amigo, o homem que foi o meu companheiro, perdeu a vida em um acidente. Antes, porém, ele me largou por outra mulher. Foi um ano duro". Mas deixei que pensasse o que quisesse. Nada seria tão grave como a morte e, fora isso, nada infundiria nele o grau máximo de afetação repulsiva que implica sentirem pena de você. Inspirei e soltei o ar ruidosamente.

— Agora que você diz, talvez sim. Vou ter que ir provar tudo isso que você aprendeu a cozinhar em Boston para ver se é verdade que é tão bom cozinheiro como diz.

Silêncio. Pulmões que trabalham pausados, que acoplam os ritmos da respiração folgada, o vento assobiando lá fora, querendo me alertar de alguma coisa. Não pense, Paula. Durma.

— Então, você virá amanhã?

— Sim, irei amanhã.

A ESTRADA É PRECIOSA e tem, nos dois lados das margens, um bosque cerrado de azinheiras e carvalhos. Parei em uma esplanada para ligar para o Quim e dizer que parece que me perdi, mas não há sinal e lá só havia uma família que se mexia com as crianças para esticar um pouco as pernas e que nunca tinha ouvido falar no vale, então continuo em frente, que é a única direção para a qual posso ir até o quilômetro quatorze, tal como indica o papel amassado, e depois de esticar o pescoço para ver o final de uma curva sem fim, um cartaz discreto à margem de um caminho me dá boas-vindas ao parque natural ao qual o vale parece pertencer. Aquela visão me produz uma onda de alívio que abre espaço à alegria de ter chegado até aqui.

A estrada de terra serpenteia entre as árvores e deixa ver o cume, o relevo suave com alguma masia ao longe, extensões de vinhas com as cepas vestidas de inverno e brotos de alecrim e queiró ainda sem florescer preenchendo tudo.

O cascalho crepita sob os pneus do carro quando estaciono na frente de uma casa de pedra que decerto é a sua, porque não vi nenhuma outra e está justo no cruzamento do caminho, como a que desenhou no mapa que me deu ontem. Desligo o carro e saio. O silêncio é alterado apenas pelo latido de um cachorro distante e pelo som do vento entre os galhos pelados dos choupos que se estendem ao lado da casa e inauguram o bosque que começa justo atrás. Antes que meus olhos consigam acabar de perceber toda a beleza ao redor, abre-se a porta da casa e o Quim sai para me receber, atrapalhado.

— Entra! Entra com o carro, pode deixar aqui dentro! — grita de um pequeno alpendre.

Mas deixo o carro onde está e me apresso até ele com toda a ansiedade da viagem. Minhas pernas tremem. Não compreende a façanha que significa para mim ter pedido quatro dias livres no hospital, ter ligado para o Santi de noite e ter desejado feliz ano-novo e, logo após, mentir para ele e falar que, de acordo, que tem razão, que preciso parar. Simular que sou uma boa menina abatida e me esforçar para que minha voz não transluza esse desejo de fugir, um desejo físico, impossível de reter, o mesmo desejo que me levou a arrumar as malas com pressa, resgatar a roupa de baixo menos funcional do fundo da gaveta, me olhar no espelho e praticar o sorriso, ensaiar olhares sedutores e esvaziar o fundo das pupilas de qualquer trauma. Não, sem toda a verdade ele não pode entender isso e também não pode perceber que viajei no tempo, armada de condições heroicas, para estar hoje aqui e ser eu, não aquela outra que caminha errática entre as sombras. Agora não posso pensar muito nela porque, se faço isso, ela se transforma em vítima, e então sinto muito por ter que apartá-la. Fazer com que ela se cale é virar a página e ter coragem de deixar para trás o seu passado, e eu amo esse passado, amo como se amam as coisas mais escuras e secretas.

— Ei, doutora... Tudo bem?
— Tudo perfeitamente bem.

Viro para observar ao redor. Tomo ar. Estou em uma pequena casa de pedra no meio de um bosque frondoso. Um rio a cerca como o laço desse presente surpresa. Eu a vi centenas de vezes nas fábulas, nos contos com lobos e chapeuzinhos, e a perspectiva de passar a noite aqui é, no entanto, emocionante.

— Bem-vinda à minha casa.

Ele me faz pôr roupa de frio e me mostra tudo com paixão. Faz três anos que mora aqui, de aluguel. Era a antiga residência de uns caseiros que foram morar no vilarejo que está apenas a dez minutos de carro, me fala apontando para a estrada. Deixaram ele fazer uma reforma pequena e adaptar um galpão, que transformou em uma oficina. Entramos lá e eu detecto nele certo nervosismo quando as três lâmpadas fluorescentes do teto se acendem e o interior fica todo iluminado, revelando uma mesa de trabalho coberta de desenhos técnicos, compassos e todo tipo de instrumentos que não sei como se chamam. No fundo, há peças de mobiliário soltas e uma máquina que eu chamaria de motosserra, e temo não poder distinguir mais nada. Tem cheiro de madeira, de resina, de cola e verniz.

Passo a mão pelo dorso de uma cômoda que está no centro do galpão.

— Vai com cuidado, que tem farpas. Ainda tenho que polir.

Põe as mãos nos bolsos e observa tudo com orgulho.

Pego uma ferramenta que encontro sobre um arquivo de metal.

— É a primeira vez que entro em uma marcenaria.

Acaricio o cabo que sujeita uma lâmina de aço.

— Sempre há uma primeira vez para tudo.

Digo que sim com a cabeça e sorrio.

— Como se chama isso?

— Goiva. Essa é para cortar. Olha, vem.

Pega o objeto das minhas mãos e o afunda sobre uma peça quadrada de madeira. Ele me mostra um corte preciso perfilado na superfície, sopra um pouco o sulco para tirar o pó e, em seguida, me faz colocar a ponta do dedo indicador. Encaixa com perfeição.

Agora entendo que o Quim pertence a este espaço, agora o compreendo. O homem que tempos atrás apenas intuí e que estive imaginando durante todo esse tempo aparece para mim como uma clareira inesperada, e o coração me avisa de alguma coisa, mas mando embora o pensamento, preciso crer que posso estar aqui, que está bem estar aqui hoje.

Toquei fundo, comenta, e eu aguento em silêncio para me manter obstinada no acordo que fiz comigo mesma. A sua sinceridade não pode me fazer alterar a minha mentira.

Ele já havia dito um ano atrás que estava divorciado, eu não dei detalhes da minha vida e ele não perguntou, logo, Paula, tranquila, também não precisa fazer isso agora. Deixou a consultoria onde trabalhava, cansado do ambiente cinza e carregado, do estresse.

— Eu era um daqueles que falam que um dia vão jogar tudo para o alto e ir embora para a montanha para cuidar de quatro porcos. Não sei como, mas fiz isso.

— Você tem porcos?

A pergunta faz ele rir muito, muitíssimo, um riso contagiante, que tem a capacidade de se transmutar até se transformar em um beijo úmido que abre mil portas e desfaz qualquer possibilidade de voltar atrás.

— Não, doutora, não tenho porcos.

Ele me acaricia a sobrancelha com um dedo enquanto me olha como se fosse a primeira vez.

— Quim, eu... sinto muito por ter pedido isso, que ficasse longe de mim. Devo ter parecido uma mal-educada e você não deve ter entendido nada.

— Muito mal-educada.

— Me perdoa? — pergunto com um fio de voz.

Não fala em seguida. De fato, até fecha os olhos por um instante. Não sei quais imagens guarda dentro de si, qual informação deve buscar, desconheço a quais coisas recorre, o que está fazendo, se está caçoando de mim, o que fala para si mesmo, o que pensa, do que se afasta ou ao que retorna, se tem o bastante com o meu corpo ou se lhe importam as minhas palavras, talvez peça um desejo, ou tão só se prenda ao significado das minhas desculpas. Meu coração bate tão forte que tenho medo de me machucar. Minhas bochechas queimam de vergonha, consciente como estou de que no meu discurso falta a frase rainha, coroada por um termo sombrio capaz de abalar a magia de todos os contos.

Ainda não o conheço o suficiente, só sei que é um homem simples, forte e divertido, que dentro do seu vocabulário entesoura palavras como goiva, que se passaram quase quarenta e oito horas desde que estamos juntos dessa maneira estranha e não me questiona, um homem saído do nada, como as oportunidades ou as cordas que te lançam para segurar forte e salvar sua vida. Também sei que com uma mentira não se começa com o pé direito. Afinal, penso, uma mentira é o mais parecido com invisibilizar certas coisas, e se não tem nada para ser visto, a morte, sem ir mais longe, fica desautorizada.

— Se você me ajudar a limpar e a cortar as verduras, não vou levar em consideração — murmura, por fim, ao pé do meu ouvido. Mas ao mesmo tempo segura forte minha mão e a aperta com um gesto firme, longe de qualquer piada.

16

E de repente minha boca se enche de gostos novos: erva-doce, tomates secos, azeite aromatizado, figos. Tenho as mãos enfarinhadas e uma felicidade infantil me guia sem que repare nela, enquanto sovo a massa, e interrompo esse movimento reiterativo dos braços que acabei de aprender só para escutar as histórias ao redor de uma cozinha que funciona como o centro nevrálgico da vida do Quim. Não é nem de perto um lugar de passagem para se alimentar. De dia, o sol entra pelos janelões, e as partículas diminutas dançam agitadas, esperando que ele levante o telão e acenda os fogões do seu cenário e, quando cai a noite, prepara jantares com amigos em volta da mesa enorme, uma mesa preciosa que, como não podia deixar de ser, ele fez com as próprias mãos. De vez em quando, também sentam em volta dela os alunos de um curso que organiza com uma boa amiga italiana que vive em Boston. A Giovanna. Ele pronuncia seu nome brincando com o n duplo e parece que sua mente voa um pouco além, Giovanna. Mas não pergunto para constatar o que pareço adivinhar, e o mais curioso é que, por dentro, não me altero em nada. Primeiro me explica que a escola de cozinha é dela, e que a sede está em Boston, onde ela vive, que ele colabora dando aulas aqui quando podem ser organizadas e, quando diminuem os pedidos na marcenaria e o tempo e a renda permitem, ele vai para Boston e fica lá por um tempo. Há uns anos que vive a vida tal como ela vem e não pensa muito no futuro. Também é o artífice da ilha de madeira feita sob medida onde trabalha, onde corta em juliana a uma velocidade que assusta, onde prepara a vitela em dados e onde me deitou ontem à noite e me lambeu toda, até me fazer perder os sentidos.

Também há o vinho que mancha a madeira de círculos grenás, que vão marcando o passar das horas nesta casa, pequenas formas aguadas que depois ele enxuga com um pano que leva pendurado na cintura permanentemente, preso no cinto do avental japonês amarrado por trás. Faz o gesto sem reparar, sem deixar de falar, de mexer o guisado, enxuga e, ao mesmo tempo, me segura pela cintura para me colocar um pouco mais à esquerda e poder chegar no sal. O vinho, aqui, se mistura com o ar e volta a ser bebida e alguma coisa a mais, que tem a ver com adoçar, liberar, celebrar, e que já não é o corredor estreito por onde eu fugia apenas uns dias atrás. Ele me faz beber a pequenos goles e me ensina a encontrar aromas de grande intensidade, a apreciar as notas de sobosque, de húmus, de couro.

— Feche os olhos. Você não nota tudo sobre um fundo de frutas vermelhas e pretas maduras?

Digo que não com a cabeça.

— Explica de novo.

Bebo outro gole e procuro seus lábios quentes, a língua embebida de vinho. Atrás de nós, o fogo lento carameliza a cebola e torra um punhado de alhos, as suas mãos sob a lã da minha blusa, o calor na pele, o tato, a vida enfim.

Poderia ficar dentro deste espaço ordinário e pensar que as coisas funcionam assim, como uma pausa entre o primeiro e o último ato da vida. Por que não? Está acontecendo comigo, é tão real como são as montanhas do vale que nos observam indiscretas, como a fome que retornou debilmente de uma batalha muito além, como as risadas claras de ontem à noite sufocadas sob as mantas e os lençóis, mas a sombra me espia da porta. Ela se aproxima de mim, morna e vigilante.

— Mentir é coisa de covardes — me fala com receio.

Ela se afasta e desaparece entre a fumaça da panela, mas não lhe dou atenção. O Quim já começou a me tirar a roupa outra vez e eu deixei ele provar as pontas dos meus dedos, peguei-o pela bunda, apartamos estrepitosamente uma tigela repleta de tâmaras e um punhado de nozes, e entrou em mim uma e outra vez; levantei um muro provisório por onde é impossível que a memória dolorida se enfie, um parêntese onde cabem o prazer, as carícias, os elogios, as cócegas, esses beijos, nada além do que o momento presente contém. A lenha estoura na lareira e isso é a soma de tudo.

Na manhã seguinte, vamos para o vilarejo, que está quase deserto, exceto pelos gatos que passeiam com uma atividade que contrasta com o silêncio. O Quim me explica que no verão há mais vida, mas que a coisa também não muda muito. Os nossos passos ressoam pelas ruelas estreitas. Ao redor da praça, a única praça, concentra-se todo o comércio: um quiosque, dois bares, um açougue, um supermercado e duas padarias que competem para oferecer o melhor pão doce. No verão, também abre uma peixaria minúscula. Há uma pequena igreja desajeitada, com telhas envernizadas revestindo todo o telhado. Nós vamos até o banco, que está um pouco mais acima. Enquanto o Quim resolve alguma coisa, eu aguardo do lado de fora. Não poderia viver aqui. A quietude transformada em núcleo urbano me desespera e percebo que estou ficando nervosa. Que merda estou fazendo aqui? Aproveito para ligar para a Lídia, mas no último minuto alguma coisa me freia e me limito a enviar uma mensagem na qual explico que estou com o Quim, que tudo vai muito bem, que estou contente como há muito tempo não estava, que na semana que vem podemos nos ver no hospital para colocarmos o papo em dia. Se escrevo para ela, eu me libero de explicar por que não lhe disse nada até agora e de ter que pôr em palavras esse estado impreciso que se aderiu a mim como uma lembrança impertinente de alguma coisa que apenas começo a entrever. Cada vez que noto isso, digo que não com a cabeça de maneira involuntária, como quem afugenta uma mosca chata com um golpe de mão.

— Já terminei, doutora. Vamos tomar um café?

Na praça, está gostoso. Combatemos o frio das mesas na área externa sentando perto dos aquecedores com as pernas cruzadas; vale a pena sentar olhando para o sol e recolher a sua energia diretamente.

— Como você está?

Ele me dá um pequeno pontapé no meu sapato. Os óculos de sol então se transformam em aliados. Talvez a mentira tenha me deixado paranoica, mas diria que o Quim de vez em quando tenta arrancar alguma informação de mim.

— Bem descansada, mas com o corpo amassado. Curioso, não acha? Ah, e também bem alimentada. Tenho reservas até o próximo janeiro, pode ficar tranquilo.

Ele ri mecanicamente, porque não é isso o que quer saber. E volta.

— Gosto que você esteja em casa. Quero dizer que fiquei muito animado por você ter ficado três dias afinal. — Ele se aproxima e me dá um beijo curto nos lábios. Esses gestos à luz do dia me deixam desconcertada e sinto uma vergonha quase pueril. — Sabe? Pensei muito em você esse tempo todo.

O garçom chega com os cafés justo naquele momento, pergunta para quem é o café preto e para quem é o pingado e nos conta alguma coisa sobre a temperatura do leite, o que faz com que a frase do Quim fique na espera, suspensa enquanto maquino como ser sincera sem ser totalmente. O garçom vai embora e eu me ergo.

— E no que você pensava?

— Que as vezes que nos vimos e as poucas conversas que tivemos me fizeram sentir muito bem. Não queria insistir nem atrapalhar, imaginava mil cenários, pensava o que se passou pela sua cabeça ou se falei ou fiz alguma coisa que te incomodou. E morria de vontade de te ver de novo. Tinha que me esforçar para não pensar em você. E você sabe... Quanto mais você se proíbe uma coisa, mais você a quer.

— Eu também tinha muita vontade de te ver. — Paro um momento e coloco os óculos de sol na cabeça para que repare que estou falando com sinceridade. — Te agradeço por respeitar meu silêncio. Juro que estava com muita vontade de estar com você, viu?

— Mas?

— Não sei. — Encolho os ombros e volto a colocar os óculos. — Assumo que somos adultos, Quim. Começar a ver alguém faz você pensar, pelo menos acontece assim comigo. Não se quer errar.

— E agora, o que a gente faz?

— Enfarinha e amassa bem amassado. Forno, duzentos e cinquenta graus — respondo divertida e esfrego por um momento a sua mão. Ele lança uma bolinha feita com o guardanapo de papel em mim.

E então acontece. Do fundo da rua principal que atravessa o vilarejo, se aproxima um carro fúnebre. De repente parece que tudo transcorre em câmera lenta. Dois pombos descem com tudo, batendo as asas desenfreadamente. Me assustam. *Columba livia* da raça olho de morango, com a cabeça grande, curta, larga e quadrada e anéis oculares de um vermelho intenso. A angústia me toma toda. O sino da igreja toca lentamente, o preto metalizado do carro produz um reflexo e queima as paredes das fachadas. As duas mulheres velhas e vestidas de preto que conversavam na esquina viram para vê-lo passar e falam entre si alguma coisa que não posso entender porque tampam a boca com a mão, sem deixar de seguir o veículo com o olhar xereta. Em poucos segundos, passa pela nossa frente e posso ver a coroa de flores que está atada à parte posterior. Pende uma faixa de cetim branco e umas letras que dizem: "Saudades de seus filhos". Não vou cair na armadilha, não pode ser que a morte me persiga dessa maneira. Repito para mim que é pura casualidade e que, desde que o Mauro não está, qualquer referência fúnebre pode servir como recordação. Posso controlar os tremores e esse sufoco no peito, você deve controlar, Paula, respire. Há mortos aos montes todo dia. Você deveria saber melhor que ninguém. Mas, apesar de tudo, um calafrio me percorre a espinha.

— É uma mulher. — A voz do Quim me faz voltar para a praça.
— Como assim?
— A que bateu as botas. É uma mulher — fala cantarolando e com uma indiferença descarada enquanto mexe o café. Estou com vontade de bater nele. — Aqui, nos toques fúnebres, se tem dois repiques e três toques de sino, quer dizer que a pessoa que morreu é uma mulher. Três repiques e três toques de sino, um homem.

Sinto um nó na garganta e fico incapaz de dizer o que seja. O carro estaciona na frente da igreja. Descem dois homens de costas largas vestidos com paletós. Quando um deles faz o gesto de abrir a porta de trás, por onde deverão tirar o caixão, me levanto bruscamente e entro correndo no bar para pagar a conta. Não sei o que o Quim está fazendo, não consigo me virar.

Saio e procuro não olhar para a igreja, mas escuto o barulho metálico da que deve ser a maca dobrável, onde vão colocar a mulher que se transformou em um número concreto de repiques de sino.

— Vamos embora?

— Ei, por que a pressa?

Ele puxa meu braço para me fazer sentar de novo. Da maneira como fico, preciso dar as costas para o Quim para não ver o que está acontecendo na porta da igreja.

— Não me sinto bem. Vamos embora, por favor.

A caminho do carro não conversamos. Coloca um braço no meu ombro e me aproxima dele. Caminhamos assim um bom tempo, mas o meu corpo não se adapta ao seu, sinto o pescoço rígido, a boca seca, e o mau humor me engoliu de uma maneira irreversível.

Na volta, ele me olha de canto de olho enquanto dirige e depois coloca uma mão sobre minha coxa. Toda vez que me toca ou me beija e não estamos dentro da bolha do sexo, alguma coisa range; não me desce devolver o afeto, e descubro que esses gestos também não me fazem sentir afeto por mim mesma, como acontecia quando as mesmas demonstrações de amor se passavam entre o Mauro e eu, já faz muito tempo, quando as coisas com o Mauro funcionavam e o afeto surgia de maneira natural.

— Se você quiser, podemos deixar de lado o passeio que falamos de fazer e assim você descansa.

— Não, vai me fazer bem caminhar, de verdade. Já estou melhor, sinto muito. Fiquei um pouco enjoada. Não é nada.

Mais uma mentira. Sorrio e pego sua mão.

CAMINHAMOS POR QUASE duas horas, primeiro ao redor de diversas masias e depois subindo até chegar a uma fonte natural de água gelada que se abre na rocha. O esforço e o Quim, que não deixou de explicar histórias durante todo o percurso, reverteram o meu humor, e volto a ser uma pessoa. A Lídia me mandou uma mensagem breve, pedindo que aproveite, que eu mereço, diz. Quando eu voltar, quer que lhe conte tudo de cabo a rabo. Três linhas de emojis. Caminho com passo rápido montanha acima, pensando se é verdade que tenho direito a me esconder por trás de uma mentira para voltar a me sentir eu mesma e me deleitar com uns dias falsos, mas os raciocínios se amontoam enrolados e desisto, cansada de tantos pensamentos circulares.

O Quim chega bem antes de mim à esplanada acima de tudo e senta sobre uma rocha para me esperar. Quando chego, está enlevado, observando o vale que fica a nossos pés. Olho para ele sem que perceba e relaxo, lembrando de Amsterdã. Foi a neve, a intimidade da neve, que agiu como uma pausa no tempo.

Depois, quando cai a tarde, dentro de uma banheira branca com patas douradas, comprada em um antiquário e levada até a casinha no bosque frondoso, tenho a certeza de não ser a primeira chapeuzinho que se banha nela. Me permito esse presente morno, esses dias para me pôr à prova, esse silêncio líquido marcado apenas por uma gota que cai dentro da banheira cheia, agora uma e em poucos segundos uma outra e assim sem parar, marcando um ritmo muito lento, mas ritmo afinal. Coloco o dedão do pé contra o buraco da torneira para não ouvir mais esse relógio improvisado, encarregado de marcar a contagem regressiva. Penso no que se passou antes, na praça do vilarejo, e essa angústia que começa no estômago sobe até o pescoço, porque quer sair com o anseio de uma necessidade primária. Sei o que é, sei do que se trata, e não tenho outra alternativa a não ser tomar uma decisão.

Está gostoso dentro da banheira. A água quente mitiga a dor agradável nas plantas dos pés provocada pela caminhada. Como em uma paleta de cores, quando você conhece de perto a dor, você consegue distinguir uma gama de tons, e o tom da dor física nunca é tão sombrio como o da dor mental. Brinco de fazer emergir os peitos da espuma e voltar a escondê-los, sentindo toda a coluna que flutua embaixo da água, sem compromissos nem funções, sem a responsabilidade de segurar um corpo e fazê-lo avançar rumo a uma resolução. Poderia ficar assim e ser corpo sem alma, cuidá-lo com sexo, dar a ele prazer de presente, deixar flutuar dentro da água morna, embrulhá-lo com a honestidade das emoções e afastá-lo de qualquer movimento racional. Portanto, matuto e brinco com a água, matuto e brinco até que entra o Quim, com uma covinha aqui e uma outra lá. Fica me olhando com seu otimismo, cheio de mesas de madeira e receitas deliciosas.

— Você sabia que o feijão ganxet, quando deixado de molho — aponta para mim com a palma da mão aberta —, dobra de tamanho?

E em mim estoura de novo esse riso que achava que havia desaparecido e, como cada vez que acontece, dou um beijo de presente para o Quim, para o pobre Quim que desconhece que é um beijo de puro agradecimento, e quando o devolve com um olhar um pouco desconfiado, afaga meus cabelos molhados e me oferece uma toalha.

As horas avançam, imparáveis, feitas de momentos vividos com a fragilidade de um sonho: falamos entre sussurros, nos olhamos intensamente e rimos muito de coisas que talvez não tenham tanta graça, mas fomos apanhados pelo encanto da novidade e da atração física. Coloquei sobre a mesa a possibilidade do amor, não o amor em si, e recordar essa hipótese se transforma no meu centro de gravidade.

— Esta semana vou descer até Barcelona para entregar material; na quarta com certeza, e talvez também na sexta. Você quer combinar alguma coisa num dos dois dias? Ou nos dois dias, se quiser. Você acha que poderíamos ir ao cinema? — Fica animado a cada pergunta, abrindo muito os olhos.

— Preciso conversar com o meu chefe para ver como administro esses quatro dias que não trabalhei — minto. Essa foi fácil. — Talvez mais para frente, está bem?

— Está bem. — Pega a taça de vinho sem me olhar e bebe um gole. — Então, te inscrevo na meia maratona da primeira semana de fevereiro que comentei contigo antes?

— Puxa, Quim. Não sei se estou em forma, de verdade.

— Você está muuuito em forma, não seja modesta, danada! Será divertido.

— Responderei quando estiver com a agenda na frente, é que preciso checar se tenho plantões. — Giro a tarraxa do brinco sem parar. Pego seu rosto com as mãos e sorrio.

Dou nele um beijo muito longo, que se enlaça com um outro e ainda um outro. Provoco ele com as mãos e com a língua, faço ele arder até que se esqueça de qualquer possibilidade de me falar alguma coisa. No meio de um baile de braços, mãos e pernas, chegamos até o quarto e fazemos amor com o desejo de sempre, mas eu me mostro mais afetuosa e entregue que das outras vezes. Vou aplanando o terreno e preparo as desculpas.

Quando nos acariciamos, ele faz uns barulhos entrecortados, pequenas interferências de conforto, e aproveito para confessar ao pé do ouvido que não o mereço; me olha franzindo as sobrancelhas, mas está excitado demais para procurar algum significado mais profundo no que acabo de dizer. Morde um dos meus peitos e me machuca e em seguida já não me esforço para dar o melhor de mim, deixo ele fazer, e estudo como dizer o que decidi que vou dizer, mas o seu prazer é real e merece que eu aparente que, desta última vez, será tão excepcional como todas as anteriores. Minto até com o corpo. Agora, porém, é definitivo, e, sob a minha pele, a sensualidade e o jogo já estão tão caducos quanto minha estadia aqui.

Mais tarde, extasiado e despreocupado, me conta que no verão dorme com a janela aberta para ouvir os grilos, que está com vontade de que chegue o bom tempo.

— Você vai ver os churrascos que faço aqui fora com os meus amigos.

O futuro já está aqui. Chegou o momento. Ponho a mão no coração dele.

— O seu coração bate muito devagar. — Apoio meu rosto ali, de forma que ele não possa vê-lo.

— Você me matou, sua besta, o que você quer?

Rio, mas fecho os olhos com um gesto de nervosismo.

— Obrigada por cuidar de mim e me alimentar, pelos risos, pelo calor da sua casa.

— Não seja boba. Do que você está falando?

Coloco minha cara na altura da dele e toco seus cabelos.

— Amanhã de manhã vou embora cedo.

— Eu sei, doutora. Um monte de miniaturas humanas aguardam você.

Fico olhando para ele com ternura.

— E não vamos nos ver de novo, Quim.

Ele se ergue em um segundo.

— Está brincando?

— Não. Sinto muito, Quim. Não espero que você entenda, mas tudo bem que seja assim.

Fica bravo e grita comigo. Usa palavrões como "porra" e "caralho", também falou "foder" reiteradamente. Por que liguei para ele, se só queria foder? Se só queria foder, podia ter falado que só queria foder. Aguento a bronca estoicamente, eu mereço. Além disso, me conforta que não sinta nem um naco de pena de mim.

Só estamos nos conhecendo, não tem nenhuma intenção de me prender, nem de fazer planos para o futuro, mas com a ligação eu tinha sinalizado que não queria apenas ficar. A palavra *ficar* me parece de uma época muito remota da minha vida e quase me escapa o riso. Há alguma coisa de mentira reciclada no seu ato trágico.

— E não queria, Quim — digo enfim, serena, sem ter que maquinar nenhuma mentira.

Ele me olha sem entender, tento pegar na sua mão, mas a afasta. Quando faz uma pausa, procuro que me ouça bem quando digo que tem toda a razão, que sinto muito e que não tem nada a ver com ele.

Aos poucos vai diminuindo o tom, igual a uma criança que diminui a birra quando já dá tudo por perdido e compreende que, por mais que chore, não conseguirá o que quer. Finalmente, veste as calças do pijama e pega o travesseiro e a manta com um puxão.

— São duas da madrugada. Pode ter placas de gelo na estrada. Dorme aqui, por favor.

Não me olha no rosto. Fecha a porta com um golpe e toda a hostilidade e a humilhação que acabei de lançar sobre ele se voltam contra mim.

Umas horas mais tarde, nenhum dos dois dormiu. Volta para o quarto e entra na cama, me abraça por trás. Fala por sobre as minhas costas e sinto a vibração da sua voz dentro do vazio do meu corpo, retorna o calor.

— Sinto muito por ter falado daquela maneira.
— Não foi nada, Quim.
— Se por acaso você repensar, já sabe onde estou.

Sei que, se alguma vez voltar a procurá-lo, não o encontrarei de novo, que pendurado nas costas traz um saco cheio de teatro que não sabe esconder, que se não sou eu, será uma outra, mas não é por isso que quero desistir. Só posso pensar em mim agora. As casas nunca podem começar pelo telhado.

— Obrigada, Quim. Por tudo, de verdade.

Vou embora quando o dia começa a clarear, apesar de uma neblina espessa insistir em transformar essa despedida em um ato triste. O carro não quer ligar. Está muito frio e a geada cobriu todo o exterior de um branco vaporoso. Parece que hoje o sol não vai sair.

— Vamos lá, tente de novo.

O Quim está apoiado na porta do carro. Giro a chave de novo e, depois de duas tentativas, enfim o motor liga. Nós nos olhamos com cara de resignação.

— Nós sempre teremos Amsterdã — fala brincando, mas sua voz se quebra um pouco, ou talvez seja apenas o que me parece.

— Te cuida, Quim.

Ele fecha a porta e diz tchau movendo os lábios, depois vai embora. Não se vira de novo.

A MULHER SOZINHA volta a ocupar todo o interior do carro, com um volume e um peso que reconheço em um instante. Percorro a estrada de terra sem pressa e, quando freio no PARE para me incorporar à estrada de curvas, sinto a necessidade de abaixar o vidro e respirar todo o bosque para levar para casa o barulho do rio que acaricia os seixos embaixo da água, o cheiro da chuva que talvez vá cair, a liberdade, o tato do Quim sobre a pele, o gosto inconfundível da possibilidade e a evidência de estar viva e de ter toda a vida pela frente. E então uma coruja levanta voo de um galho retorcido que se sobressai em uma parede rochosa e, em seguida, desaparece entre as azinheiras do outro lado do caminho. Já não a vejo mais. Poderia ter imaginado isso, talvez sonhado, mas alguma coisa dentro de mim se desfaz, muda. A mudança é possível. O voo da coruja durou apenas uns segundos. Justo o que dura a magia. A mudança é possível. Talvez o próprio eu seja um bom lugar para onde retornar.

Quando pequena, queria ser religiosa como a Maria von Trapp. Me parece que nunca te disse isso. A vida no convento era o que menos me interessava, mas compreendia a passagem daquela mulher pela igreja como um passo necessário para tudo o que viria depois. Logo transformei o meu desejo de me parecer com ela no desejo de que alguém como ela aparecesse na rua de casa e procurasse a nossa porta com a mala na mão. De noite, eu me ajoelhava na cama e colocava as mãos em posição de oração de cara para a janela e pedia que aparecesse uma Maria nas nossas vidas. Tinha certeza de que meu pai precisava de uma mulher como ela. Fantasiava com a imagem do capitão von Trapp e a sua filha cantando e tocando *Edelweiss* com o violão. Adaptei aquela confirmação do nacionalismo austríaco como um conjuro amoroso. A solução mais óbvia e necessária passava por encontrar alguém para o meu pai. Devia haver mulheres que eu não cheguei a conhecer. Depois, algum dia, voltando do colégio, cruzaria com alguma, bem despenteada, no hall de entrada da minha casa. Nunca quis perguntar nada e continuava esperando pela Maria, até que os mitos foram caindo um atrás do outro.

Enquanto enche de água um vaso de cristal e coloca um ramo de eucalipto, a Lídia opina que agora a solução mais óbvia e necessária passa por encontrar alguém para não estar tão sozinha, não digo que você deva levar alguém para casa, Paula, mas um pouco de alegria te ajudaria. Fujo por um momento para as paragens naturais dos Alpes austríacos e calo o pensamento de que já houve homens novos depois de você que deviam fazer voltar a alegria e o prazer, e que de alguma forma estragada fizeram isso, e se, no futuro, houver mais homens novos, calo também isso que sei com certeza, que a alegria e o prazer voltarão mutilados como soldados dessa minha guerra.

Gostaria tanto de saber o que você acha, se pensa que exagero, comentar contigo agora que já não seríamos duas pessoas que confeccionam lembranças conjuntas. Confio que teríamos aprendido a ser bons amigos e que um dia você passaria para me buscar no hospital, como fazia com frequência, e eu seria capaz de te explicar que a solução óbvia e necessária não passa por encontrar um outro alguém, mas por me reconfigurar primeiro como pessoa.

Depois te contaria tudo isso de *A noviça rebelde*, você explodiria de rir e, quando chegássemos em casa, eu te convidaria para jantar, subiria o termostato porque sentiria frio e você mexeria nos seus cabelos enquanto buscaria um tratado de flora na estante do quarto que havia sido seu escritório, o pegaria com aquele cuidado com que você tratava os livros, passaria as páginas até encontrar uma que contivesse a flor como de algodão-doce branco e, levantando a voz para que eu pudesse te escutar do outro quarto, diria que sim, Paula, é a flor da família das asteráceas, que cresce em pequenos grupos nos prados alpinos e áreas rochosas da altura das serras europeias, *Leontopodium alpinum*, ouviu? E eu, tirando a meia-calça sentada na cama, sorriria comigo mesma e faria aquele som que se parece com a calma, e as coisas entre nós estariam no seu lugar e em paz.

A Lídia fala e fala e mexe nos galhos de eucalipto e dentro de mim só há o eco de *Edelweiss* embrulhado nesse cheiro de inverno que não termina nunca.

17

Quando entro no prédio do grupo Godó, na Diagonal, ao lado da praça Francesc Macià, pedem meu documento de identidade e em seguida me entregam um crachá. Deixo lá fora o fragor incessante do trânsito louco de uma terça no meio da manhã e entro pelo corredor sob o olhar atento de um segurança que me diz bom dia com um aceno de cabeça maquinal. Reparo, em seguida, que a estética de vidro do prédio, moderna e atrativa, esconde dentro todo um mundo, assim como no hospital onde trabalho, só que aqui, ao invés de equipe médica e doentes, habitam sobretudo jornalistas. Jornalistas e técnicos de som. A Carla é técnica de som em uma emissora de rádio. Eu nunca teria pensado nisso. Desde que a conheci na sala de espera do Clínico, transformei-a em bailarina e a imaginei segurando na barra a esticar as pernas infinitas na vertical e depois fazendo uns movimentos dúcteis com o corpo comprido e equilibrado, girando sobre si mesma, os cabelos presos em um coque e os dois peitos pequenos, duros, pura fibra. Criei para ela festivais sobre um palco que o Mauro contemplava boquiaberto, vesti ela com um tutu branco e enchi os dedos do seu pé de bolhas, de esforço, de suor e de sangue.

Estou com o estômago embrulhado pela angústia e pela vergonha como uma menina pequena que enfrenta o monstro de toda noite. É uma vergonha cautelosa e bem calculada. Nós nos comunicamos pelo WhatsApp de uma maneira bastante seca e, sem falar muita coisa, ficou claro para nós duas que os emojis e os sinais de admiração estavam descartados. Sabemos que temos entre as mãos a ordem e a precisão do homem a quem parece que amamos e ao qual nós duas pertencemos. Não temos que lutar para consegui-lo.

Combinamos no décimo quinto andar às onze da manhã. Ela tem meia hora de descanso entre programas, mas escreveu "meia horinha", e o diminutivo na tela do celular me fez imaginá-la nua deixando umas calcinhas brancas com desenhos infantis no chão, saltitando até o chuveiro e enchendo de espuma o corpo rejuvenescido do Mauro entre risos.

Subo os quinze andares fazendo o esforço de me lembrar que fui eu quem provocou o encontro e que já é muito tarde para fugir correndo.

Na minha frente, dois homens que devem ter a minha idade riem, falam de um terceiro a quem presentearam com um voo de helicóptero e que, segundo dizem, sentiu muito medo. Vestem roupa informal, são desinibidos, e exibem uma imagem que os transforma em rapazes ou em homens que não crescerão nunca, com barbas feitas na régua, perfumados, esportivos e embrulhados por uma leveza que compartilham com a moça da recepção e com todo o pessoal que se move neste andar.

— Bom dia. Marquei com a Carla.

Reparo que não sei o sobrenome dela e deixo a frase pendurada no ar. Não é um problema, daqui a pouco saberei que é a única mulher técnica de som na equipe e que tem alguma coisa irregular na fala, um transtorno de articulação de um fonema: não pronuncia bem o R, e tem também um pequeno tique no olho esquerdo, uma piscadela quase imperceptível, mas constante. Agora já encaixa mais com o Mauro, essas imperfeições mínimas que não devia perceber à primeira vista, mas o encantavam aos poucos, enquanto eu vivia submergida entre pacientes no limite e artigos de pesquisa.

— Oi, Paula.

Veio me buscar na recepção e me cumprimentou com um tom grave e uma espécie de sombra de desconfiança no olhar. Ela me diz que lhe dê cinco minutos e me deixa entrar no estúdio de gravação. Se move depressa, como tudo aqui dentro. Sigo a Carla com a inabilidade própria de quem não conhece o terreno por onde pisa. Ela me avisa com o dedo indicador que aguarde por um segundo e fico em pé como um espantalho, com os pés bem juntos e as mãos nos bolsos da jaqueta. Quero ir embora. Tive um rompante uns dias atrás e me pareceu conveniente colocar tudo em ordem, me preparar para virar a página, me colocar em contato com uma bailarina que resultou não ser uma e falar com ela, mas não está claro para mim o que quero tirar de tudo isso, e agora a ideia me parece sem pé nem cabeça. "Você já está aqui, Paula, fique calma. Você deve ter quase o dobro da idade dela", mas é precisamente a sua juventude arrojada o que me faz engolir a saliva e fechar os olhos por um instante. Tomo ar enquanto ela senta diante de uma mesa de som cheia de canais e luzes que lampejam. Na frente dela, há uma grande janela por onde se vê o interior do estúdio, onde há convidados falando ao vivo com um jornalista muito conhecido, mas não sou capaz de lembrar o nome. Nervosa, me passam pela cabeça coisas incongruentes, como tirar uma foto e mandá-la para o meu pai, mas desisto. "Não seja criança, Paula". Me encolho por um momento.

— Quinze segundos, termina o corte, entra você e passa para a propaganda, certo? Tranquilo, depois eu já edito.

A Carla fala depressa por um microfone interno com o jornalista, se levanta e senta de novo, tecla, arruma umas folhas com uma intensidade dentro dela que me perturba toda e então, sem deixar de olhar para o interior do estúdio, se levanta da cadeira giratória e faz uma contagem regressiva com os dedos da mão, que a transforma na mulher mais poderosa que já vi: cinco, quatro, três, dois, um. O mundo para.

Que previsível que era tudo em nossas vidas, penso hipnotizada pelo seu gesto: jogue o saco do lixo fora quando sair, lembre de comprar água quando passar pelo supermercado, no domingo poderíamos ir almoçar na casa dos meus pais, estou com enxaqueca, talvez amanhã. Eu já não passava perfume, exceto quando saíamos para jantar com os amigos, e ele se negava a jogar fora aqueles mocassins que prendiam os seus pés dentro da caretice e lhe davam aquele ar provinciano. Resistir a essa deusa de jeans desgastados e botas de couro envelhecidas, que prodigaliza contagens regressivas com as mãos ao alto, de certa maneira está excluído da ideia de ser homem. Ele havia de ceder mais cedo ou mais tarde. Resistir a uma mulher assim deve ser totalmente impraticável.

Ela se aproxima e me convida a sair pela porta por onde entramos um momento atrás. Me conduz pelo corredor em volta do estúdio e eu a sigo como um cachorrinho assustado. Já quase não resta um naco do ânimo de ontem à noite, quando, na frente do espelho, ensaiei uma espécie de discurso que lhe atirava como se tivesse alguma autoridade sobre ela.

Daqui de cima, a vista é espetacular, e a cidade, com todo o caos que sempre a acompanha, parece que pode se arrumar fácil; começo a intuir, nervosa, que tudo será mais simples se conseguir olhar de uma outra perspectiva, mas uma confusão desordenada faz com que tropece em cada pensamento.

Sentamos em uma pequena sala afastada do burburinho. Só há duas poltronas, uma mesa redonda com todos os jornais de hoje e uma máquina de chá e café. Me oferece algo para beber e prepara dois cafés antes de sentar.

De costas para mim, observo sua bunda. A calça jeans acolhe suas nádegas com uma generosidade quase injusta, como se tivessem feito sob medida para criar um padrão de beleza que todos deveríamos admirar. Apesar de ser tão esbelta, há uma sensualidade nas formas que a transforma em um desejo. Penso em quão afortunado o Mauro devia se sentir.

Senta. Cruza as pernas e suspira.

— Como você está? — pergunta com uma voz ferida.

Como é que eu não falei primeiro? Estou paralisada.

— Vou indo. E você?

Baixa o olhar e se concentra no café. Mexe a colher de plástico devagar e, antes de falar, inspira sonoramente, seu corpo se alarga como se tivesse aberto um guarda-chuva no meio das costelas.

— Mal.

A resposta me lembra para que estou aqui e de repente o Mauro está mais presente do que nunca. Não estou consciente de que me aproximo dela como uma mãe preocupada com a delicada situação da filha e ponho minha mão na sua coxa, até que ela olha para mim, demonstrando não gostar do gesto. Retiro a mão bruscamente.

— Do que você queria falar?

Percebo pela primeira vez o tique do olho esquerdo. Contrai a pálpebra de maneira involuntária. Passa pela minha cabeça que talvez não tenha tido isso sempre e que o trauma da morte do Mauro que provocou. Rápido repasso possíveis alterações neurológicas funcionais do sistema nervoso central. "Não é uma paciente, pelo amor de Deus, Paula, concentre-se!". Afasto o pensamento, mas me sinto perdida.

— O que você disse? — pergunto, nervosa.

— Disse por que você quis marcar? Precisa de alguma coisa?

Penso bem no que ela diz. Sim, preciso de alguma coisa. E digo para ela.

— Preciso saber como começou tudo.

Arfa e bebe um pequeno gole de café.

— Começou aqui. — Acena com a cabeça, referindo-se à rádio em geral. — O Mauro e seu colega, o Nacho, acompanhavam uma escritora que estavam promovendo.

— A russa?

Assente com a cabeça. Lembro da russa e dos dias que rodearam a promoção do livro. O Mauro não botava os pés em casa e estava emocionado até a medula óssea.

— Eu li o livro e gostei muito. Normalmente não faço isso, mas estava com vontade de ter uma dedicatória e poder falar com ela... — Faz uma pausa, pega os cabelos por trás em uma mecha só e os coloca para um lado sobre o ombro. — É que eu falo russo.

Fala russo, diz. É o máximo. O Mauro deve ter se derretido na hora, apesar da dislalia dela.

Desdobro as folhas do calendário na mente, tento lembrar quando aconteceu isso tudo, quando foi que veio com os exemplares da russa que tinham acabado de sair da gráfica, feliz como uma criança com sapatos novos, e fico confusa. Daqui a quase uma semana vai fazer um ano do acidente, e o tempo passado se alterou de uma maneira irreconhecível. Deixei de contar com um sistema temporal dividido em meses, semanas e dias, e agora o faço a partir de uma simples dualidade, antes e depois, e me protejo na minha barreira de coral. Tudo o que se passou antes parece tão remoto como se tivesse acontecido com uma outra pessoa. O tempo se borrou como uma mancha de água sobre uma aquarela.

Ela repara no meu bloqueio, mas não faz nada.

— Ele te falou desde o começo que já estava com alguém? — consigo articular a pergunta.

— Eu deduzi, porque ele não fazia nenhuma pergunta sobre a minha vida pessoal.

Uma típica evasiva da parte do Mauro, penso, e sorrio com sarcasmo.

— Não pedi nunca que te largasse, mas parecia que as coisas estavam tão claras para ele...

Seu olhar se perde pela infinita Barcelona, além da Diagonal, e quero chacoalhá-la, fazê-la cuspir todos os detalhes.

— O que você quer dizer? — digo, com uma suposta serenidade.

— Isso, que ele decidiu ir em frente com a ideia do casamento, e foi quando me disse que primeiro precisava falar contigo, ir embora de casa e ter certeza que você estava bem.

Meu estômago revira. Dói como se tivessem acertado um soco nele. Pelas conversas retidas no celular, adivinhava alguma coisa, mas não que tivessem chegado tão longe. A palavra *casamento* bate na minha testa, justo no meio dos olhos, e abre caminho a uma dor de cabeça que sei que se transformará em uma dor intensa, acompanhada por náuseas, se não for detida logo com algum analgésico. Olho as mãos dela com temor e não vejo nenhuma aliança.

— Vocês se casaram? — pergunto com um fio de voz.

— Não. Não tivemos tempo. — Ela se emociona. Cobre o rosto com as mãos.

— Sinto muito — sussurro, mas não é verdade, não sinto mesmo.

— Tínhamos uma data em Santa Maria del Mar, daqui a meio ano.

Faz uma pausa para inspirar. Continua olhando para o infinito. Um casamento. Queria se casar e talvez conseguir o filho que eu não quis dar. Seus olhos marejam e uma lágrima que se mexe quase como um ser invertebrado desliza pela sua bochecha abaixo. As maçãs do rosto estão rosadas pela calefação, as mesmas que ele devia encher de beijos clandestinos que mais tarde se tornariam públicos, permitidos, inócuos. As pressões domésticas que me encurralaram durante anos materializadas em uma mulher jovem, bonita e triste. Aqui está, Paula. Quantos anos deve ter? Vinte e seis, vinte e sete? Trinta, no máximo? Tem o olhar limpo e o potencial de reprodução em alta.

— Quantos anos você tem?

— Desculpa? — pergunta entre ofendida e perplexa. Faz girar uma pequena bola dourada que pende de uma corrente de ouro muito fina que usa no pescoço.

— Qual é a sua idade? É evidente que você é muito mais jovem do que eu — jogo nela.

— Vinte e nove — e me encara com ar desafiador.

Você acertou, Paula. Precisava de alguém com a reserva ovariana em plena forma.

— Ele falava sobre você com frequência. Contava coisas do seu trabalho.

Não falava sobre mim, penso. Falava sobre o meu trabalho.

— Ah, sim? — Tento ser amável, mas não consigo me conectar. Ainda estou no casamento.

— Trouxe algumas coisas que encontrei em casa. Penso que você deve ficar com elas e, para mim... Para mim, vê-las me dói e me estorva. Te entregarei elas na saída.

— Quais coisas? — pergunto, e penso na dor e no estorvo, nas dimensões do seu estorvo, que ela é para mim um estorvo novo, mas que eu fui isso para ela durante mais tempo.

— A bolsa que trazia para passar a noite. — Joga o copo de papel do café mirando em uma lixeira e começa a falar mais animada. — Tsc, não sei, um pouco de roupa, a escova de dentes, um manuscrito, ah, sim, uma bolsinha com folhas secas — fala, tirando a importância de todo aquele império.

— Uma o quê? — pergunto.

— Para infusões. Você conhece ele. — E o presente faz meu coração pular.

Nós duas sorrimos. Por um instante, a botânica tece uma cumplicidade passageira. O Mauro cultivava plantas aromáticas e preparava infusões com elas. Colocava em umas bolsinhas transparentes com legenda: flor de laranjeira, menta, tomilho, camomila. Quase posso escutá-lo: "Me ajuda a trocar esse vaso de lugar, Paula. O tomilho tolera muito bem a meia sombra e aqui tem muito sol. Vamos levar até esse canto". E eu interrompendo, rindo: "Mauro, os vizinhos vão nos denunciar. Logo vão nascer animais endêmicos da floresta amazônica aqui, não vê?". E coçou seu nariz com o reverso da mão, que estava cheia de terra, e disse, divertido: "Vamos, deixa quieto e vai pra lá". A emoção me atravessa, mas me controlo.

Penso na porcentagem de vida conjunta deles dois, a que ficou contida dentro do celular, e somo com toda a que o telefone não guardou. A cifra resultante é proporcional a toda a dor que caiu sobre mim como um tapa inesperado. Não compreendo o estorvo que umas folhas secas podem lhe causar. É preciso ser estúpida para não querer conservá-las.

— Se você parar para pensar — acrescenta absorta, com um leve movimento de ombros —, a família dele nem me conhecia. Eu não queria correr tanto, e ele sempre falava que não era preciso esperar até Santa Maria del Mar, que podíamos nos casar sozinhos, sem precisar falar para ninguém.

E me vem à mente o dinheiro que pretendiam me fazer herdar, a colcha, as taças de cristal da Boêmia, e reparo que o Mauro não teria sabido como enfrentar a sua mãe, as suas aprovações opressivas, que aquele ponto covarde que ele tinha e que disfarçava de comodidade não lhe permitiu reunir a astúcia suficiente para integrar a Carla ao âmbito familiar e anunciar a eles que eu não estaria mais. A Carla, afinal, só respondia ao amor naïf de todos os começos. Doce e poderosa. Se tivesse morrido mais tarde, com os sinos de Santa Maria del Mar ainda retumbando dentro da sua cabeça, ela agora usaria um anel no dedo e seria sua viúva.

A caminho da saída, os convidados riem e falam animadamente no locutório. Olhando para eles, parece que nós duas chegamos de um lugar muito afastado onde passamos muito tempo, todo o tempo que é preciso para receber os risos e o barulho da alegria dos outros quase como um insulto, todo o tempo que é preciso para compreender que há alguma coisa triste e vagamente desprezível quando o amor se apaga, mas nada parecido com a derrota aniquilante da morte. Cremos que a domesticamos com rituais, lutos, símbolos, cores, mas ela é selvagem e livre. É ela que sempre manda. A morte manda na vida, nunca o contrário.

A Carla me entrega a bolsa do Mauro, que pesa muitíssimo por causa do manuscrito.

— Uf, pesa como um morto!

Estranho a minha voz. Me espanta reconhecer que soou limpa e honesta, curada, como se de repente cumprisse com todos os requisitos para poder me dar alta.

Nós nos despedimos com dois beijos secos como duas nyores. Ela tem cheiro de groselha, de alguém perfeccionista, disposta a desarrumar tudo por amor. Antes de me virar e ir embora, agradeço pelo seu tempo. Coloca suas mãos nos bolsos da calça e estica o corpo, cresce um pouco mais para cima enquanto dá um sorriso amargo com o qual imagino que pretende dizer "de nada". Nos mantermos como rivais será a nossa maneira de fazer o Mauro existir ainda que já não esteja vivo e, como eternas rivais, esse será sem dúvida o nosso grande sucesso.

18

— **Membrana hialina.** Pili, teremos que administrar surfactante. Olhe a história clínica da mãe, por favor. Preciso saber se lhe administraram glicocorticoides.

Lá fora, faz tempo que chove. É tarde da noite. A água é um murmúrio, apenas interrompido pelo ritmo das máquinas da sala. Examino os recém-nascidos que chegaram durante os dias que estive fora. Há dois novos, um sairá sem sequelas se conseguirmos a maturação pulmonar. Tenho certeza de que o faremos, há uma dose de força em cada espasmo das pequenas mãos que delata a sua sorte. A outra, uma menina de vinte e sete semanas de idade gestacional que a mãe entregou para adoção. Apresentou uma enterocolite necrosante e precisou de uma intervenção cirúrgica. Não melhora, está em choque e sangra com frequência. Escorrega dos lábios de toda a equipe a frase maldita que não queríamos ter que pronunciar: "Não há nada a fazer". A menina não responde a nada. Está em uma situação irreversível. É somente uma questão de tempo. Evito olhar para o seu rosto diminuto quando a examino. Não me atrevo a encontrar seus olhos cegos e dizer que não tem mais ninguém que lhe diga adeus. A Pili suspirou e deu começo a um sentimento de impotência que há horas carregamos gravado no tom da voz e nas solas dos tamancos, no peso dos nossos passos, mais lentos em volta da incubadora onde a pequena espera o inevitável com uma dignidade que espanta.

— ¿A qué hora cenas? Yo salgo ya.

— Não, não estou com fome. Quero ficar com ela. Vai tranquila. Depois tomarei um café.

— ¿Quieres que me quede?

Imploro um sim com o olhar e ela logo capta. A intuição é uma enfermeira vestida de branco que arregaça as mangas e lava as mãos e os braços até o cotovelo enquanto decifra minha tensão na mandíbula.

Não foi preciso dizer nada. Abrimos a incubadora. A Pili a contém, pegando sua cabecinha. Antes de tocá-la, fricciono minhas mãos com força para que não estejam tão frias; se pudesse friccionar assim meu coração, meu estômago, se pudesse friccionar assim a minha alma. Seguro os pés da criança, passo meu dedo indicador pelas palmas das suas mãos, que são duas pequenas estrelas recortadas contra o azul-céu do ninho, recorro todos os cantos da pele úmida que ficam descobertos, livres de tubos. Penso no osteopata, no dia que me fez rir muito quando falou que, se algum dia tivesse filhos, daria a eles os nomes de todos os corpúsculos da pele. Meissner, Pacini, Ruffini e Krause. O Eric e o tato, como aumentava os níveis de oxitocina e revestia sua pesquisa com a terminologia que falava de inervação sensorial, do tato como uma submodalidade de um sistema somatossensorial, e, enquanto me explicava, eu compreendia que era mais simples que tudo isso, que compartilhar a intimidade da pele, dar a mão, acariciar, mostrar afeto era suficiente para fazer uma pessoa de oitocentos gramas, ou uma mulher que não chega aos cinquenta quilos, se sentir menos vulnerável.

Não tardaremos a retirar o suporte vital e deixar apenas a analgesia, mas a afagamos um tempo mais aqui dentro, com as mãos e os braços embrulhados pelo calor do berço térmico.

— La voy a coger. — Olho para ela e assinto. Sou eu quem deveria tomar essa decisão, mas estamos sozinhas, o diagnóstico está feito e aprovado, e é a Pili quem tem acesso a um sexto sentido sem a intervenção consciente da razão. Nos assalta uma onda de satisfação pela decisão muda que acabamos de tomar: acompanharemos esse ser solitário que se apaga com cada batida e seremos parte do mundo reduzido que terá conhecido durante três dias. Estaremos aqui, seremos parte do pó de vida que ela terá sido. Não a deixaremos sozinha. Faremos turnos entre a Pili, eu e o outro médico adjunto. Nós a pegaremos no colo e a passaremos entre nós a cada meia hora.

De madrugada, reparo que caem lágrimas sobre a menina. São minhas. O choro me surpreende. Nós nos movemos em silêncio. O médico adjunto me alcança umas gazes para que as faça servir de lenço e me pergunta se quero água ou qualquer outra coisa. Decidi que quero o impossível, salvá-la e ressuscitar o Mauro para poder lhe contar como são injustas as coisas às vezes, e que tudo volte a começar. Me limito a agradecer com um sussurro e fazer que não com a cabeça.

Respira-se um ambiente estranho em toda a unidade. As luzes do teto enchem as salas de um calor reforçado, de uma paz falsa. Parece que a inocência e a doçura dos recém--nascidos se põem em alerta. Há um presságio iminente e o esperamos com a cabeça baixa.

Tudo e todos cumprem a sua função na engrenagem do hospital: as agulhas do relógio de parede que avançam com indiferença, as enfermeiras que são flechas e saem disparadas para onde quer que sejam requisitadas, as médicas que tomam decisões, algumas mais definitivas que outras, a equipe de limpeza que lança sorrisos cansados, com bolsas sob os olhos, os pais que olham esperançosos para o futuro através das incubadoras, o moço que senta no sofá com uma criança no peito há uma hora e meia, pele a pele, a chuva incessante, o Mahavir, que dorme bem tranquilo por fim em cuidados intermediários, a vida que avança a cada segundo e a morte que a apanha pelos corredores e pelos elevadores sem trapacear.

Há um pico de tensão quando tiramos a via intravenosa e um silêncio trágico e respeitoso quando a Pili me entrega a pequena depois de um tempo. Os meus serão os últimos braços que a acolherão. E então a morte a tira de mim sem consideração, a leva, mas desta vez cheguei a tempo e sinto que fui capaz de ganhar a partida. Estou aqui. Estou ao seu lado.

Nós, que estamos na sala, nos abraçamos. Suspiros, algum palavrão. Os monitores e os alarmes respectivos marcam um compasso que se limita a nos lembrar que tudo continua. Bip-bip, o som constante da calma na UTI. As salas de parto cheias, o trânsito e o inverno, as más notícias, as boas, as que não significam nada, o metrô embaixo da terra e um avião alto no céu, as teclas leves sob os dedos do meu pai que são palavras para ele, o senhor que reza na capela com toda a esperança colocada em um cristo feito na oficina de um marceneiro, o zumbido das máquinas de café, a foto da minha mãe e o seu sorriso em preto e branco. As persianas que se levantam, o fogão na cozinha, o jato de água fria embaixo do chuveiro e alguém que canta alheio, o mar, o bosque. Os caixas eletrônicos expelindo dinheiro, os ratos nervosos dentro das gaiolas, as nuvens levadas pelo vento e as formas que queremos lhes dar, a mulher velha que fia, o senhor que passeia com o buldogue francês, a massa mãe que ativa o metabolismo microbiano de uma outra massa mãe e os navios de carga que chegam ao porto e voltam a zarpar. E as plantas. As plantas fazendo crescer e estendendo as raízes embaixo da terra em um mundo paralelo.

Desfazemos o ponto de força que éramos até um momento atrás, quando nos dispersamos, cada um para um lado, atarefados de novo, como insetos trabalhando, revisamos, monitoramos, gerimos, pensamos, esquecemos. Corro até o quarto dos plantões. Fujo, diria. Não sei quanto tempo faz que estou aqui, mas ninguém veio me buscar até uns minutos atrás, quando a Pili entrou às escuras.

— Paula?

Não acende a luz, mas puxa a cortina opaca e o dia entra envergonhado. Sei que viu a minha cara, mas não comenta nada. Senta ao meu lado, no chão, e, enquanto se agacha devagar, um som aspirado delata sua pouca flexibilidade.

— ¿Por qué no te vienes hoy a mi casa? Mis hijas vendrán a comer y la Sandra se trae al pequeño. Estamos con los vestidos de la boda que me tienen harta las dos. Así las conoces.

Nós duas sentamos com as costas contra a parede. Eu aproximo meus joelhos do peito e a Pili está com as pernas grossas estendidas sobre os azulejos frios. Aparecem as pontas de umas meias brancas de fio por cima dos tamancos, que retalham suas pernas sob as calças do uniforme. Me fazem lembrar das meias de fio que minha mãe comprava para mim na Páscoa e que eu estreava com os sapatos que usaria a cada temporada de primavera-verão. Depois eu que precisava ir lembrando meu pai que chegava o calor e que eu precisava de sapatos novos e de meias de fio. É possível que, no seu mundo de melodias e pássaros, as meninas andassem descalças. A memória seleciona fatos que, no seu momento, eram neutros e, enquanto passam, enquanto estreamos umas meias de fio, não temos consciência de estarmos criando uma lembrança única da mãe que logo perderemos.

Umas meias podem ser extraordinárias. Umas meias, no dia em que tudo cai, podem ser uma mãe.

É a primeira vez que vejo a Pili sentada no chão em todos esses anos. É como se, dessa posição, que não lhe corresponde, tivesse caído a fantasia do que é no hospital e permanecesse apenas a mulher que, apesar de ficar de plantão a noite toda, já preparou o almoço para as filhas e o neto, a mulher que sempre tem cheiro de xampu de frutas caribenhas e de amaciante de roupa. Quando está perto, é o mais parecido ao cheiro de uma mãe. Escuto ela respirar ao meu lado. Estamos exaustas. A primeira vez que chorei a morte de um paciente foi durante o meu primeiro ano como residente. O Santi me disse para me recompor e que não tomasse como algo pessoal, senão nunca seria uma boa neonatóloga.

— Quando uma criança nasce em um estado tão grave, é tão importante lutar pela sua vida como não fazer isso. É tão importante saber salvá-la como deixá-la morrer. — E eu me recompus.

SEI QUE NO CHORO de hoje se esconde uma menina sentada na sala de aula com o reino animal explicado no quadro, uma menina sobre quem caiu de novo um peso de aço incalculável para quem não perdeu ninguém e está a salvo do outro lado. Um peso titânico de ressentimento e raiva e toda a dor, um peso que por fim esburaca a terra e a afunda até as profundezas, faz crescer paredes verticais terminadas em pontas, e da sua escuridão saem corvos que sobrevoam a entrada e se encarregam de não deixar ninguém acessá-la. Isso é seu e só seu. Tome. Chore-o de uma vez. Arranhe seu coração, se você quiser, ninguém te compreenderá, porque aqui dentro não há nada para compreender. Pegue-o. É seu e só seu, e você nunca sentirá tão forte o peso da propriedade. É intransferível. Não tente compartilhar, o transformaria em uma piada. É o vazio, a ausência, toda a saudade transformada em um buraco sem fim. Apesar de todos nós deste lado termos um, não se encontrará nenhum que se pareça com outro, cada um testemunha e sobrevive a uma versão única. Um lugar novo. Bem-vinda. Do outro lado não chamam de vazio, nem podem ver os corvos. Do outro lado procuram-se frases feitas, como as que eu procurava antes para iluminar os rostos dos pais desesperados. Dizia a eles que, com o tempo, sairiam dessa, que tinham que ser fortes e olhar para a frente. O que sabia eu do vazio? Nada. Não podia prever que os corvos franqueariam a entrada exclusiva de cada pai, de cada mãe, de cada coração triturado. Chore, Paula. Você não pôde salvá-lo. Entenda agora o quão importante é deixá-lo morrer.

 A Pili não me toca, não me abraça, está com as mãos nos bolsos do jaleco. Também não me olha, vai falando enquanto deixa cair o olhar sobre uma parede, agora sobre uma outra, como se estivesse distraída e não quisesse pôr toda a intenção na voz. Ela me conhece bem, sabe qual é a distância física que posso aguentar.

 — Tengo un sofrito que hice el otro día y si quieres compramos algo de pescado ahora al salir. Paras con el coche frente al mercado, te esperas con los intermitentes puestos y entro yo en un momento. Ahora no habrá nadie.

 Não respondo. Limpo a água e o muco que escorrem do meu nariz com o punho da blusa. Tento imaginar a cena com toda a sua cotidianidade. O carro, a calma. Um mercado. Gosto desse momento ordinário, essa pausa no meio da batalha que acabamos de encerrar. Olho para ela. Eu queria lhe contar que, na última vez que fui no mercado, quando fazia dez minutos que estava na fila do peixe, dei meia volta e fui embora, incapaz de aguentar mais conversas sobre almoços familiares. Eu queria comprar um filé de merluza.

Uma pequena porção individual e ridícula de merluza, e tive que tragar famílias inteiras, espinhas que precisavam ser tiradas para crianças angelicais, casais arrebatados e aparentemente sem farpas e fins de semana ensolarados protagonizados pela primeira pessoa do plural. O "nós" consome peixe, o "nós" reúne gente em volta de uma mesa, o "nós" fortalece e forma equipe. Mas não lhe conto, porque não tenho forças para fazer ela compreender a nuance.

— Mira, como no vas a decir nada, ya te lo digo yo. Te vienes a comer a casa, y punto, Paula. Y ahora te levantas, te lavas la cara y te suenas la nariz, que estás hecha un asco, hija mía. Venga, me cambio en diez minutos. Vamos en tu coche. Nos vemos en el parquin.

Levanta com o mesmo ritmo enferrujado com que desceu no meu poço uns minutos atrás, e pego sua mão grande e quente como se não quisesse deixá-la ir. Sabia que seria assim, se alguma vez a tocasse, o tato idêntico ao que me lembro da minha mãe, feminino, protetor. O tato durante o período neonatal impacta na expressão do comportamento adulto. Sem o conforto do tato, não é possível um desenvolvimento físico e emocional completo. É preciso que nos deem carinho quando ainda não somos ninguém para que saibamos nos relacionar quando já formos pessoas de quem se espera tanta coisa. Toco a mão da Pili como se fosse o último pilar ao qual pudesse me abraçar.

— Vou comprar alguma coisa de sobremesa. Merecemos.
— Esta es mi Paula.
Um possessivo, e você já é alguém.

NA MESA, me sinto renovada, tenho tantas distrações que me esqueci de mim mesma. A Sandra e a Lara, as filhas da Pili, me receberam com abraços e expressões de alegria.

É como se te conhecêssemos a vida toda, nossa mãe nos fala tanto de você! A sombra se apressa a murmurar que deve ter contado a minha catástrofe, mas logo aparece um menino andando de quatro com cara de sono que desvia toda a atenção. É o filho da Sandra, a filha menor da Pili, que casará em duas semanas com o pai da criança, de quem se separou antes do menino nascer. Enquanto a Pili serve os pratos, inicia-se uma lição de vida. Aprendo o que é o amor com A maiúsculo. Tem a ver com o zumbido das vozes, com a quantidade exata de comida que a Pili sabe que cada uma quer no prato, com como elas passam o cesto do pão, com o próprio cesto forrado de tecido branco com acabamento em renda, com o impulso feito de expectativa e esgotamento de um casamento que está a ponto de chegar, listas, convidados que ligaram, tias que falaram que a Pili já pode passar para recolher os ornamentos que fizeram à mão para os paletós dos homens. Tem a ver com a esperança de uma mãe depositada nas suas filhas, com a cumplicidade de uma briga inocente entre irmãs que discutem o que custava deixar as chaves no salão de beleza, assim ela não tinha que passar em casa depois só para pegá-las, com como a mãe resolve a confusão com um "¿Ya basta, no? Que sois mayorcitas. Pues me las dejas a mí y que tu padre se las lleve, mira tú que fácil". As palavras reveladoras retumbam dentro de mim, olha que fácil, Paula, olha que fácil é o amor de verdade.

Nos despedimos entre desejos de sorte, lisonjas e bulício, e saio para a rua deixando para trás umas vidas sem importância, sem quantidades significativas de misérias. Não sei onde estou, não conheço o bairro e me custa encontrar o estacionamento onde deixamos o carro quando viemos. O estrondo de um ônibus, as vitrines anunciando descontos, as poças de chuva que refletem o céu que se abre, um cachorro mirrado e de olhos saltados que late à minha pressa, as bandeiras que anunciam um festival de música e, finalmente, o E de estacionamento. Paro de súbito para reter a familiaridade da casa da Pili na pele e me assalta a necessidade imperiosa de fazer uma ligação.

— Pai, oi. Sou eu. Não, nada, tudo bem, não se preocupe. Então, você tem alguma coisa para fazer hoje à tarde?

Hoje é o meu aniversário.
Faço quarenta e três.
A idade que você tinha.
Pensá-lo é a coisa mais estranha que já me aconteceu.
Quando me fizeram soprar as velas do bolo, foi como se tivesse ficado surda, com as orelhas tapadas. Se tivessem colocado quarenta e três velas individuais, talvez a impressão teria sido outra, mas, Mauro, a Lídia comprou um quatro e um três de cor vermelha, grandes, evidentes, impossíveis de dissimular, e minhas pernas fraquejaram. Você sempre terá quarenta e três e, quando penso nisso, fico arrepiada.
Havia muito barulho de fundo, você já conhece eles. Imagine-os em uma festa surpresa dirigida pela Lídia. Também vieram a Vanesa e a Marta. Em duas semanas acabam a residência e já sinto falta delas. Viraram a alegria do departamento e borrifaram em mim sua irracionalidade e suas risadas contagiantes, que me empurraram por todo esse ano tão severo. Vou agradecer a elas por toda a vida.
Ainda estou com dor de cabeça. Meu apartamento está um desastre. O chão está cheio de confete e rastros pegajosos. Sinto dizer que você teria ficado muito nervoso vendo como passavam as taças de vinho e de cava por cima do sofá. Sorte que já não é seu. Além disso, você não sabe, mas, desde que você não está, toda essa turma não deixou de parir

filhos como coelhos e os levam para todo lado, coisa que não consigo entender. Só te direi que as crianças gostam de chocolate. Mas está bem assim, Mauro. É hora de sujar esta casa, de enchê-la de barulho, de encontrar o banheiro ocupado e mais tarde o vaso entupido com um rolo de papel higiênico. De roubar afeto de onde for. Dos amigos, dos vizinhos, do sorriso do porteiro do estacionamento. De soprar velas e ser capaz de pedir um desejo que não parta da base impossível de trazer você de volta.

Desta vez, não me deram de presente nem livros nem plantas, mas sim um monte de roupa que tem gosto de primavera e também um chapéu de palha. Coloquei, morta de vergonha, e o Nacho me disse que estou radiante, que ultimamente estou radiante. Sei que exagera, mas deixo ele falar e lhe dou um beijo na bochecha. Que é um pouco como dá-lo para você. Guardo nele grande parte de você e guardo em você grande parte de mim.

Estive esperando que a campainha tocasse e você aparecesse por trás das folhas verdes de alguma coisa vegetal. Fazer você entrar e falar para todos: olhem quem chegou! Depois já não esperei mais e me entreguei ao esforço que fazem todos para celebrar o meu aniversário. Encontrei a Martina, a filha menor da Lídia, plantada no meio do nosso quarto. Me olhou com essa cara de sábia desconfiada, com dois rabos de cavalo e o cabelo dividido no meio.

— Onde está o Mauro?

Nos observamos com atenção, como fazem as pessoas que conhecem a gravidade de uma mesma coisa. De fundo, risos e burburinho de vida. Com um aceno de cabeça, indiquei a foto da festa de São João em cima do móvel que está ao lado do que agora é a minha cama. Me olhou de novo com uma expressão divertida e saiu saltitando pelo corredor. Explicamos para ela várias vezes que você morreu, mas de tempos em tempos volta a perguntar por você. Passarão os anos e eu envelhecerei, encolherei dois ou três centímetros, os cabelos ficarão brancos, sairão rugas por toda parte, e na foto da festa nós dois continuaremos para sempre, eu no passado e você no presente. Me acontece como com a Martina, há alguma coisa incerta que deixa espaço para a dúvida, que outorga o direito de acreditar na verdade pela metade, que prefere continuar perguntando onde você está a cada dia, como uma confidência que apenas alguns de nós poderemos compreender.

    Hoje fiz quarenta e três. Alcancei você e ainda não entendo como isso pôde acontecer.

DEPOIS

O Thomas tirou os sapatos na varanda. Não entendo por que faz isso. Passa o dia descalço e fica com as solas dos pés bastante sujas e os calcanhares rachados. Não falei nada. Agora esta será a sua casa, pode passear como quiser por aqui. Estamos em abril e já veste bermuda, como uma reminiscência do turista que um dia foi. Trabalhamos há horas. Chegamos tão carregados do garden que precisamos de três viagens do carro até em casa para trazer todas as plantas, as flores, os vasos, o substrato universal, terra para roseiras e terra não calcária para as camélias e as azaleias. Pedimos tudo com os nervos de quem empreende uma viagem definitiva. Superava-nos a expectativa do que estávamos a ponto de fazer. Íamos lendo de um bloco de notas do Mauro, onde descobri o esboço do primeiro desenho da varanda. Fomos seguindo as explicações do atendente, que nos ajudou em nossa gesta particular. Ao lado do desenho, uma lista básica com tudo o que ele devia colocar para podermos começar. Uma lista que o Mauro fez crescer até transformá-la em sua biografia.

Emprestei o carro ao Thomas, e ele veio me buscar no hospital ao meio-dia, porque o garden onde ele prometeu me levar ficava no caminho. Naturalmente chegou tarde e, como não podia ser de outra maneira, nos perdemos em algum ponto entre Barcelona e Castelldefels. Não fiquei brava com ele, pelo contrário, não pude reprimir uma gargalhada quando passamos pela terceira vez pela frente do Riviera. É fácil rir em uma estrada, com um bom amigo e sobretudo com a lembrança de hoje de manhã. Quando faltava um minuto para as onze e quinze, assinei a alta hospitalar do Mahavir.

Levantei a cabeça e vi uma irrupção de cores quando os pais entraram, com o menino nos braços da mãe. Cores sobre o sári bordado que ela nunca havia vestido até agora, quando conseguiu levar seu filho para casa, cores sobre o tecido de fio com que embrulharam o Mahavir, e os olhos pretos sorridentes que acompanhei durante meses até decifrá-los. O agradecimento e a emoção que a família mostrava tomaram conta de toda a equipe. A mãe nos presenteou com flores de jasmim e nós, mulheres, as usamos para decorar nossos cabelos. Também nos trouxe vada, que cozinhou durante a noite, um petisco salgado que devorei arrastada pela satisfação de celebrar a vida. Mahavir quer dizer *herói*, seu pai me falou isso faz uma eternidade, quando aquela criança que cabia dentro de uma mão lutava para poder ir embora daqui hoje. A partir de agora, o meu conselho para todos aqueles que esperam um filho será que procurem um nome apropriado, pensá-lo, desejá-lo até que dê sentido à pessoa que levam dentro. Depois de celebrar por um bom tempo, vi o meu herói se afastar adormecido no carrinho que seu pai empurrava para o mundo, enquanto sua mãe, miúda e cheia de luz, se virou e, com as mãos muito juntas, sussurrou pela última vez:

— Namastê, doutora Cid.
— Namastê — respondi.
O passado me invadiu.

FOI NAQUELA QUARTA-FEIRA de fevereiro que tive notícia do Mahavir pela primeira vez. Era um feto dentro da sua mãe e nós, toda a equipe de obstetrícia e neonatologia, já o estudávamos com detalhes para determinar a entrada no hospital com antecipação por causa da gravidez de alto risco. Eu olhava para o relógio com frequência, sem negligenciar a sessão, mas tinha combinado de almoçar com o Mauro e estava com os nervos à flor da pele. Havia colocado os brincos que ele tanto gostava. Decidira na noite anterior e queria anunciá-lo durante o almoço, não achava que poderia esperar até a sobremesa. Um desejo genésico, o primeiro e o único, havia aflorado como um puxão no corredor de bolachas do supermercado no sábado anterior. O Mauro procurava alguma coisa com sementes biológicas e havia um menino de uns três ou quatro anos justo ao lado, que apontava para um pacote da estante acima de tudo. Fez cafuné nos seus cabelos e o levantou no colo para que o menino pudesse pegar o pacote. E foi o suficiente. Foi apenas um gesto. Não falei nada. Se tentasse refletir sobre isso, tudo ia por água abaixo, e, se tentasse escrever, era pior, então fui andando na ponta dos pés pelo pensamento que não me abandonava e, naquela noite que o Mauro estava fora, decidi que no dia seguinte lhe comunicaria que talvez fosse tarde, que era arriscado e que não chegava a estar convencida, mas tudo bem, que, se ele teve isso tão claro esses anos todos, e contanto que compartilhássemos de condições idênticas, que então sim, que podíamos experimentar isso de procurar por uma criança. Queria lhe dizer que enlouqueci, que era como ter febre e delirar um pouco, mas que não me fizesse me arrepender desse rompante, que não encontrava nenhuma outra maneira de solucionar o que se passava conosco e que não sabíamos o que era. Queria lhe dizer que me via com forças para solucioná-lo, para estar bem. Havia decorado um pequeno discurso. Um filho tem que ser um capricho, Mauro, um desejo e pouca coisa mais. Havia chegado a hora. Saí de um estacionamento na Rua Marina, ao lado da praia. Caminhava com as costas muito retas e a cabeça bem alta e repetia a cada passo: desejo, capricho, desejo, capricho, desejo, capricho. Parava no semáforo vermelho e retomava a marcha. Desejo, capricho, desejo, capricho. O Mauro já me aguardava no restaurante. Veio com a bicicleta. Parecia estar alerta sobre alguma coisa. Com o primeiro sorriso rarefeito, as palavras fugiram da minha cabeça. Fiquei de mau humor e me abati bastante. Não podia lhe dizer tudo aquilo com aquela cara amarga com que me recebeu. Pensei que talvez à noite, e logo me lembrei da ecografia do Mahavir que havíamos estudado com detalhe umas horas antes no hospital. Era ético fazer nascer aquela criança? Era ético fazer nascer outras, se o desejo e o capricho podiam amargar de repente? O mar acabou de varrer o meu pensamento titânico com as idas e vindas atrás do janelão e eu sentia o Mauro longe, relatando coisas sem importância, um livro que leu, um distribuidor que visitou, que a RENFE era um desastre e havia chegado meia hora tarde. Falava com um peso concreto na voz, com frases curtas, como se lançasse migalhas de pão para encontrar o caminho de volta caso se perdesse depois de deixar cair aquela bomba de barril que estava preparada. E sem esperar a doçura da sobremesa, jogou-a. Bombas são bombas, um projétil indiscriminado incapaz de golpear com precisão. O impacto arrasou tudo. Até a sua própria vida.

Depois de poucos meses, ainda com as feridas abertas e o coração despedaçado, colocaram o Mahavir nas minhas mãos na sala de parto, me entregavam o lado humano da guerra. Calculei o peso de um herói, intubei e manuseei ele com a urgência de fazê-lo viver e a clarividência de entender que o meu capricho e o meu desejo se centralizariam para sempre em ter o controle sobre o destino dessas crianças que não seriam minhas.

Ir embora requer uma liturgia que ajuda a transformar os finais em novos começos. O Mahavir fez isso hoje de manhã, e é hora que eu também faça.

Quando estávamos com tudo preparado para começar a trabalhar na varanda, me chocou encontrar a figura do Thomas de costas, com as mãos na cintura, sem nem saber por onde começar. Fumava um cigarro na frente do caos de terra removida de um marrom escuro e úmido e, vendo ele, me senti perdida. Tinha a sensação de que estávamos a ponto de profanar uma tumba. Mas depois ele falou e me aferrei à sua calma.

— Podemos arrancar o bambu. É uma espécie invasora.

Dei um golpe na coxa dele com a luva.

— Olha, amigo, espécie invasora aqui só você. O bambu fica.

Riu e bebeu um gole de cerveja enquanto eu me refugiava na piada. Não sei o que foi, mas só então é que o notei. Sucumbi a uma sensação que se parece com o final das férias, quando as vilas de veraneio se esvaziam da cotidianidade que as encheu durante umas semanas. As grandes mudanças já têm isso, percebem-se em pequenos sinais. Depois a sensação se dispersou como o pólen. Continuamos na varanda por bastante tempo, adubando a terra, colocando as plantas na frente do lugar que lhes foi designado e, como quem não quer nada, de repente comecei a arrancar todas as plantas mortas do Mauro com determinação e, ao finalizar, exausta, saiu de mim um grito estranho, cheio de triunfo e agonia. Sacudi a terra dos braços e passei a mão pela testa. Me sinto muito forte, poderia lutar contra gigantes.

    Fazemos uma pausa. Se não terminarmos hoje, terminaremos no fim de semana. Noto que minha cervical está sobrecarregada e que meus braços doem. No apartamento ainda há coisas para fazer, como limpar, pôr tudo em caixas, mudar a titularidade da conta de luz, de gás e de água, que estão no meu nome e precisam ir para o nome do Thomas. Negociar com a empresa de mudanças, voltar a colocar tudo no débito em conta, falar com o proprietário, levar comigo a secretária eletrônica jurássica com a voz do meu pai dentro. Há coisas para fazer, como me vestir, comer ou olhar para o quarto pela última vez, agora já vazio de tudo e de nós. Fica apenas este parquê envelhecido sobre o qual pisamos tão bem quanto soubemos. O parquê e também o radiador de ferro antigo e pintado de branco, onde colávamos a bunda nas noites de inverno enquanto nos contávamos o que fizemos durante o dia, o Mauro cortava suas unhas com meticulosidade e eu tirava o rímel com um cotonete. Fomos todos esses momentos. Enchemos esta casa de sons pequenos que agora ressoam no vazio e que acabaram delimitando o nosso diálogo. As lembranças são maleáveis e fáceis de corrigir, podemos recortar as migalhas e pôr um outro fundo, sucumbir aos vícios do nosso tempo e retocá-las, brincar com filtros que as embelezam e fabricar para nós um passado sob medida para encarar um presente de carne e ossos onde não é preciso ser tão intransigente, porque ninguém entrará às escondidas dentro da nossa solidão para nos recordar que aquela sombra não estava lá e que aquele canto estava mais iluminado.

    O Thomas se introduziu aos poucos no ritmo da casa; seu jeito tranquilo parece que não se altera diante das minhas explosões de nervos com as ligações para a transportadora que não chega ou com as do meu pai, que insistiu para que dormisse na sua casa enquanto não estiver instalada no apartamento novo. Desceu o seu toca-discos de agulha, que já ocupa um lugar principal na sala. Vira e mexe aparece na porta com um punhado de discos de vinil e vai os colocando pouco a pouco na mesma estante, mas agora situada um andar abaixo; a sua máxima prioridade é a ordem alfabética, tanto faz que eu o lembre de que o exaustor está quebrado e que, para ligá-lo, precisa apertar primeiro o segundo botão começando pela esquerda.

— Counting Crows, Bob Dylan, Ben Harper, Fleetwood Mac — vai fazendo a lista com um sotaque de Nova Iorque forte e áspero que o emoldura em um constante exotismo urbano.

— E sobretudo lembre que na quarta vão vir os da caldeira! — grito da varanda.

— Lou Reed, Oscar Peterson, Tom Petty, Stevie Wonder. ¡Tienes que escuchar esta canción, Paula!

Não sei o que está tocando, uma voz feminina grave e quebrada, ao vivo. O volume está muito alto e os gritos do público que canta com ela enchem todos os cômodos. Me agachei para tocar as folhas ternas de uma planta nova.

— Você vai rir com esse, tenho certeza — digo baixinho. Então fiquei em pé e notei um nó na garganta. Dei uma olhada ao meu redor para me dirigir a todas as plantas recém-compradas. — Vão estar bem aqui. Vale a pena viver. Às vezes custa, não vou enganar vocês, mas prometo que vale a pena.

— Lo grabaron en el setenta y seis! Don't you think it's amazing?

Me chega sua voz enlatada que reverbera através dos cantos vazios, e sinto inveja da sua felicidade simples e do seu idílio com a música. Sorrio para a simplicidade.

Nossa casa ficou te aguardando, Mauro. As portas e as janelas me observavam atentas, estudavam sigilosamente os meus movimentos, talvez convencidas de que a sua volta dependia de mim. Se abrisse os armários da cozinha, o número de copos e talheres e taças de vinho me interpelava, perguntava por ti com uma falta de vergonha difícil de assumir, como a descida aos infernos que a sua varanda fez, que chorava por ti e sentia saudades, porque não há atalhos para evitar a dor pela morte de quem você amou. Não há, mas, apesar de tudo, podem-se aceitar pequenas vitórias, podemos nos perdoar em uma direção só, tomar consciência da nossa fragilidade, aceitar que a lembrança se pareça com sentir-te perto, aprender a tocar o piano sob as ordens metódicas de um pai recuperado, comprar uma moto desgastada, estacioná-la sobre um novo chanfro em um bairro mais adequado, viver em um apartamento com sacada, jogar fora o seu celular e com ele tudo o que não me pertencia, seguir disposta a puxar as pessoas para a vida quando apenas pesam gramas, quem sabe voltar a amar algum dia, mas, sim, voltar a começar e admitir que a morte, só às vezes, toma a forma de oportunidade. Não fujo, Mauro. Apenas vou embora. Voltarei às vezes para dizer oi para as plantas e também não me esquecerei da sua morte. Esquecê-la seria deixar você morrer uma segunda vez e isso, pode ter certeza, não acontecerá.

O Thomas sai da varanda com um punhado de morangos, se aproxima e me oferece um. Recuso com um aceno de mão. Ele mastiga devagar e olha ao redor com ar absorto. A primavera abraça tudo. Um melro assobia de um telhado próximo. O sol está prestes a se pôr e é agora que o canto ressoa de maneira mais intensa.

— *Turdus merula* — digo com um sussurro.
— ¿Qué dices?
— Um melro. Consegue escutar?
— No sé que es un melro. — Encolhe os ombros, indiferente. — Tienes una pestaña, espera.

Tira-o com delicadeza de cima do pômulo e noto que fico ruborizada quando estou com o seu rosto perto dos meus cabelos. Os últimos raios de sol deixam suas feições iridiscentes. Me pega pelo pulso e abre minha mão. Coloca o cílio no meio dela, como um relojoeiro que mexe com as diminutas peças de um relógio totalmente escancarado.

— Throw it over your shoulder.

— Não, aqui sopramos os cílios para cima, Thomas.

Risonhos como duas crianças, discutimos por um momento sobre a trajetória que deve seguir o cílio. As plantas novas que não nos conhecem nos observam do chão e se adaptam à alegria que flutua no ambiente. Pensam que essa é a pauta e está bem que assim o façam.

— C'mon! ¡Pide un deseo!

Meu coração dá um pulo: a tradição popular de soprar um cílio é como o oráculo que decidirá o meu destino. Fecho os olhos tão forte quanto posso, ardem por dentro, e minhas sobrancelhas se enrugam como um pergaminho. Às escuras, inicia-se uma dança de fosfenos estimulados pela retina, que geram a ilusão de luz e movimento, e eu penso em fantasmas, mas me apresso a lembrar que esta varanda será um vestígio de sua vida, Mauro, e não um estatuário de sua morte. E então o faço, tomo ar como se minha vida dependesse disso e desejo para mim, desejo bem forte.

AGRADECIMENTOS

Um agradecimento muito especial para a doutora Marta Camprubí, do Serviço de Neonatologia do Hospital Sant Joan de Déu, de Barcelona, por compartilhar experiências e causos e por colocar um jaleco em mim e me deixar passear pela UTI para conhecer em primeira mão o trabalho que fazem, tão necessário. Se a doutora Paula Cid é uma neonatóloga impecável, é graças a ela.

Aos meus editores em catalão, Aniol Rafel e Marta Rubirola, da Periscopi, por continuarem confiando em mim, por sua leitura sempre rigorosa e imprescindível e pelo acompanhamento como editores, mas, sobretudo, como pessoas em quem me espelhar.

À minha editora em castelhano, Silvia Querini, da Lumen, por ter me pedido para escrever esta história e por ter cuidado dela e amado um pouco como sinto que também cuida de mim e me ama.

À Maria Fasce, da Lumen, por todo o trabalho e a continuidade.

Aos revisores, designers, bolsistas e o resto da equipe imprescindível que trabalhou e cuidou das duas edições deste livro. Muito em especial para Tono Cristòfol e Marta Bellvehí, por vestirem o livro com uma capa feita tão sob medida.

À Patri, pela amizade com A maiúsculo e pela alegria contagiante, de quem tomei o nome daquela que haveria de ser sua filha, que acabou sendo Aleix Cid, para dá-lo à protagonista. Às vezes, penso que a criança é um menino por minha culpa, por ter usurpado seu nome. Espero que saibam me perdoar.

À Fe, pela inteireza e por acreditar nos meus livros. Pela força da amizade quando os caminhos não são só rosas. Voltarão a crescer e serão preciosas.

Ao Gerard, por estar sempre de plantão, ainda que seja na distância, e me lembrar que sim, que devo escrever; e ao seu pai, por ter arrumado os pássaros que fazem ninho aqui dentro.

Ao Jose, *eskerrik asko* por aparecer um dia do nada.

Aos meus pais, pela calma.

Ao Ignasi e ao Oriol, por fazerem o sol se levantar todo dia. Amo vocês ao infinito e além.

E à literatura, à música e ao cinema, por todo o resto.

Descubra a sua próxima
leitura em nossa loja online

dublinense .COM.BR

Composto em TIEMPOS e impresso
na BMF GRÁFICA, em PÓLEN BOLD
70g/m², em JANEIRO de 2022.